Emma

Marie-Sabine Roger

Vivement l’avenir

la brune

Côté poulailler

Comment c'était venu dans la conversation, je ne sais plus très bien.

C'était venu. C'est tout.

L'origine, elle était peut-être à chercher du côté des clébards, quand la télé avait parlé de ceux qu'on abandonne à la SPA, au début des vacances. Tous ces braves chiens-chiens avec la truffe humide et dans leurs yeux marron de l'amour sans reproche.

– Abandonner son chien ! Si c'est pas malheureux ! a dit Marlène, à un moment, en caressant Tobby. La peine de mort, il leur faudrait, à tous ces salopards !

– Bah ! La peine de mort, faut pas pousser, non plus... Mais de la tôle, oui. Là, je dirais pas non ! a répondu Bertrand, de sa voix toujours calme.

Jamais je ne l'ai vu énervé, celui-là.

Marlène a secoué la tête. Quand elle a une idée, elle s'y tient.

– La peine de mort et voilà tout. Hein, mon Tobby, mon amour, mon pépère ? La guillotine, hein ? Et en plusieurs fois, tant qu'à y être. À petits coups de cisaille, tchak tchak.

– La guillotine, ben voyons ! a dit Bertrand.

Roswell s'est marré. Il se marre tout le temps.

Moi j'étais dans mon coin, je lisais, sans rien dire. Je parle rarement.

Ça servirait à quoi ?

Mais l'origine était sans doute aussi dans la bêtise de Roswell, un peu plus tôt dans la soirée. Parce qu'il avait voulu se faire du pop-corn, sans rien demander à personne.

Il pourrait se nourrir de pop-corn, de frites et de Coca, il en est fou.

Il avait allumé le gaz, tout seul, posé la poêle sur le feu, bien huilée comme il faut selon la procédure. Et puis il l'avait oubliée, forcément.

Roswell n'a pas de suite dans les idées. Peut-être pas d'idées, non plus.

Tout au plus des initiatives.

Alors, quand Marlène est allée dans la cuisine pour mettre l'eau des pâtes à chauffer, tout était envahi d'une fumée épaisse et âcre, qui piquait salement les yeux.

Elle a crié :

– Ah ben ça, ah ben ça ! Mais c'est quoi, ce bordel ?!

Elle a ouvert la fenêtre en urgence, en envoyant valser tout ce qui était devant : la passoire en métal, le pichet, la salière et les couverts en bois. Elle a balancé la poêle dans l'évier, fait couler l'eau en grand, c'est parti en vapeur. Il n'est plus resté que l'odeur.

Quand elle est revenue dans la salle à manger, Marlène hurlait que non, alors là non ! Non, cette fois, on avait dépassé la mesure du comble ! Elle disait qu'il avait encore failli tout faire cramer, ce crétin, ce taré ! Qu'un beau jour, la maison, ça serait plus qu'un tas de cendres en ruines, et par la faute à qui ?

Roswell a rigolé, mais pas d'un rire franc.

Moi qui le connais mieux que le reste du monde, puisque je suis la seule à me soucier de lui, je voyais bien qu'il avait les miquettes, rien qu'à cette façon de coller du regard aux gestes de Marlène, de ne pas la quitter de l'œil, surtout pas, au cas où.

Marlène, elle a parfois la main leste, avec lui. Lourde, aussi.

Mais elle a seulement soupiré, en se tournant vers moi :

– Va me le mettre au pieu, tiens ! Moi je peux plus le voir, il me pile l'humeur, j'en ai les nerfs qui me sortent des gaines !

– Il a mangé ? a fait Bertrand.

– Il a pas faim !

J'ai aidé Roswell à sortir du fauteuil. On a pris l'escalier, lui devant, moi derrière, pour parer, au cas où. Je l'ai fait arrêter aux toilettes. Après, je l'ai mené jusqu'à sa chambre. Je l'ai aidé à se déshabiller, à enfiler son pyjama, je lui ai mis sa couche pour la nuit. J'ai remonté la couette sous son menton barbu, je lui ai enlevé ses lunettes, je lui ai porté un verre d'eau.

Il a chuchoté :

– Hésschantille-hein ?

J'ai dit ben oui, bien sûr ! Bien sûr, je suis gentille ! Tu le sais bien, non ?

– Hhhui. Hésschantille, toi.

– Oui, je suis gentille, moi. Et toi, tu devrais éviter de faire du pop-corn !

Il a rigolé.

J'ai montré la veilleuse, d'un hochement de tête.

Il a fait no-no-non, no-no-non !

Je sais bien qu'il a peur du noir. Du noir, des araignées, des guêpes, des orages.

Et de Marlène, aussi.

De Marlène, surtout.

J'ai touché de l'index ma visière invisible, OK chef, compris chef, je te la laisse allumée, ta lumière. Il a souri de tout son trop de dents qui encombre sa bouche, de ses gencives de mulet. Il a refait mon geste, en me saluant, la main un peu en travers de sa joue.

– Oké-sschef !

Je lui ai fait un clin d'œil avant de refermer la porte. Il avait déjà pris le coin de son drap pour téter. Il a cligné des yeux, les deux en même temps. Un seul, il ne sait pas le faire.

Comme chaque soir, j'ai pensé : Sacré Roswell ! Tu es tombé dans un piège à cons, le jour où tu es sorti du ventre de ta mère.

Quand je suis redescendue pour manger, dix minutes plus tard, la conversation avait continué sur le dos de Roswell, justement.

Marlène était assise en face de Bertrand, à califourchon sur une chaise, les deux bras croisés sur le dossier, le menton posé par-dessus, la jupe remontée à mi-cuisse.

Elle tirait sur sa clope, lèvres pincées, petit rictus en coin, l'œil à demi fermé à cause de la fumée. Elle aime bien se tenir comme dans les westerns. C'est son côté « Catamini Jane », comme elle dit. Elle parlait fort, encore sous le coup de sa grosse colère.

Ça puait le terrier, en bas, à cause du pop-corn cramé, mélangé au parfum d'ambiance qu'elle avait dû vider aux deux tiers de la bombe.

Ils ne m'avaient pas entendue. Je me suis arrêtée à la moitié des marches et j'ai tendu l'oreille. Toute habillée de noir et dans l'obscurité, ils ne risquaient pas de me voir.

Moi, j'étais au théâtre, par contre : les deux pedzouilles au milieu de la scène, dans la lumière criarde de l'ampoule qui pend toute nue du plafond, et puis celle de la télé tout le temps allumée, qui papillonne bleu dans le coin du salon.

Bertrand gardait les épaules tassées, les yeux baissés sur son fromage, aussi vivant et joyeux qu'un fantôme. Marlène se répandait à propos du Gérard, ce poids mort, ce boulet. Elle disait qu'elle avait réfléchi. Que ça lui avait germé d'un seul coup, tout à l'heure, une illumination, une voix intérieure, une…

– Et si t'accouchais, non ?! a soupiré Bertrand.

Marlène a expliqué son projet sur Roswell. C'était simple et direct.

L'idée du jour, c'était d'aller le perdre.

Bertrand a laissé passer un ange ou deux, le temps de fignoler un cube en mie de pain, puis il a relevé la tête.

– Tu déconnes ? il a fait.

Silence.

Il a repris :

– Le perdre ? Tu gueules après tous ceux qui larguent leurs clébards et toi, tu irais perdre Gérard ? Je vais te dire, tu déconnes !

– Ben, je vois pas pourquoi ! Donne-moi une raison de le garder chez nous, une seule !

– C'est mon frère, a répondu Bertrand.

– Une bonne raison, je veux dire !

Bertrand a redit, à mi-voix :

– Aller perdre Gérard ! Merde alors, tu fais peur !

Il est resté à réfléchir, tout en finissant son fromage. Marlène picorait dans son assiette, elle faisait sa tronche en biais. Bertrand a répété, une dernière fois :

– Le perdre !... Franchement !...

Il paraissait choqué. Comme il est plutôt lent, j'attendais qu'il s'anime, et que ça bouge un peu dans tout son calme plat. Je crois que, pour une fois, j'espérais le cyclone.

Aller perdre Roswell comme un bâtard galeux ?! Ah, ça ! Il allait sortir de sa placidité, le Bertrand ! Il allait s'énerver et ça provoquerait un changement brutal dans le ronron des choses. Il taperait du poing sur la toile cirée, traiterait sa femme de pauvre conne, de radasse peroxydée. Marlène en serait saisie par les nerfs, et tout en branle-bas. Elle ouvrirait en grand sa bouche rouge, ses yeux khôlés de noir. Elle pousserait un cri rauque, un râle d'agonie, en pressant une main potelée sur son cœur, enfin : sur un de ses bonnets 100 G dont je connais la taille, puisque je les vois souvent étendus sur le fil.

Oui, Bertrand allait taper du poing sur la table ou contre la cloison, et tout serait bouleversé.

Il allait réagir.

J'ai retenu mon souffle.

Et c'est là qu'il a dit :

– Et comment tu voudrais qu'on fasse ?

Voilà. C'est à ce moment-là de l'horloge murale, à 20 h 23 de ce début avril, que le sort de Roswell a été décidé.

Tout ça pour une poêle oubliée sur le feu, et tous les chiens largués par de tristes ordures, qui sont tout le contraire de Marlène, bien sûr, parce qu'elle, elle n'abandonnerait jamais un animal.

Un débile, d'accord. Mais un clébard, jamais !

Marlène a repris tout de suite courage. Elle a réajusté ses bretelles, tapoté ses boucles dans la nuque, et elle a exposé son plan.

Et, à l'entendre, on sentait bien qu'elle venait de loin, son idée. Qu'elle avait eu le temps de mûrir sur la branche avant de s'écraser sur la toile cirée.

– Écoute, ton frangin sort jamais, personne sait qu'il est ici, d'accord ?

Bertrand a acquiescé, avec un petit mouvement rapide de la main pour dire « avance, avance, où tu comptes en venir ? »

– Enfin, « presque » personne, je veux dire ! a continué Marlène, d'une voix soudain plus fraîche, une voix de coup de vent maritime à cinq heures, qui a fait chuter la chaleur tout d'un coup.

Le « presque », c'était moi.

– ... Mais *elle* est là en CDD, et vu qu'ils licencient à l'usine, on risque pas de la réembaucher. Avec la crise, on est tranquille !

Alors quand elle sera partie, on n'a qu'à pas relouer de suite. On en profite pour… Tu vois, quoi...

Elle a laissé un blanc. Et puis elle a repris :

– Et si je n'amabuse, il ne sait même pas son nom, ton frère. Vrai ou pas ?

– Mmfff, a fait Bertrand.

Marlène a respiré plus large, elle a cambré un peu les reins, tiré une taffe, et puis elle a soufflé la fumée par les narines, lentement. Elle était assez fière du « si je n'amabuse ».

On se serait cru en plein thriller, la musique allait forcément démarrer, une de ces petites musiques aiguës qui énervent les tympans, *Tzinn ! tzinn ! tzinn ! tzinn !…*

Elle a dit :

– Pis de toute façon, personne capte rien, quand il parle, d'accord ? Alors, si on le perd, je vois pas bien comment il nous dénoncerait à la police ? OK ?

Elle s'est mise à rire.

À ce moment-là, j'ai dévalé le reste des marches, je suis entrée dans le séjour. J'ai fait mon air de rien, en me mettant à table. Marlène a poussé la casserole vers moi, en travers de la nappe, d'un geste machinal.

J'ai mis du râpé sur mes pâtes.

– T'as duré, toi, dis donc ! elle a fait, en me dévisageant de ses gros yeux bleu pâle.

– Je lui ai lu une histoire.

– Une histoire. Ben tiens. S'y faut lui lire des histoires, à présent, nous v'là les cuisses propres !

Marlène a fixé son mari, l'air entendu.

– C'est mon frangin ! a fait Bertrand, comme si ça changeait quelque chose.

– Y a pas de quoi s'en vanter, a dit Marlène, en faisant un beau rond de fumée tout à fait circulaire.

Il s'est mis à pleuvoir, mais sans aucun rapport.

Je suis là depuis quatre mois et demi.

J'ai trouvé l'annonce dans le gratuit du coin.

Au calme, chambre claire avec sdb, commodités, possibilité cuisine, jardin.

J'ai appelé. Je suis tombée sur Marlène.

– C'est pour quoi ? elle a fait.

Quand je lui ai répondu que c'était pour l'annonce, elle s'est mise à me parler sucré, la tranquillité, le bon air, l'ambiance familiale.

Moi, je me doutais bien que ça cachait un loup : le bon air à cet endroit de la ville, tu parles. Derrière le poulailler industriel, et du mauvais côté des vents.

Mais bon, vu le loyer…

J'avais trouvé du travail, c'était le principal. Et au poulailler, justement, pour huit mois minimum mais avec une embauche possible, à laquelle je ne croyais pas, ce qui n'avait aucune importance.

On m'avait mise au retournement des œufs et à l'éclosion. Je n'y connaissais rien en plumes et en coquilles, mais on ne m'avait pas vraiment demandé mon CV. Comme beaucoup de boulots – enfin, ceux que je fais –, ça ne demande pas de savoir, mais seulement de savoir faire. Je suis soigneuse, j'écoute les consignes, je n'arrive pas en retard, ça suffit.

Chaque jour, je tourne les œufs d'un quart de tour matin et soir, je les laisse refroidir un quart d'heure, je les mire après dix jours de couveuse, je vire ceux qui ne sont pas bons. Après vingt et un jours, on ne les bouge plus. On attend l'éclosion, et si elle tarde trop, il faut aider à sortir les poussins des coquilles. Ensuite je dois mettre les poussins à sécher sur le treillis et, quand ils sont bien secs, les installer sous la lampe chauffante, que je règle, en l'éloignant jour après jour des petits Caliméros jaunes ou noirs, jusqu'à ce qu'ils aient un mois.

Je m'occupe des litières. Ce n'est pas difficile. C'est seulement répétitif, puant, et sans grand intérêt au bout d'une heure de pratique. Comme le poulailler n'est pas très important, et qu'ils virent un peu plus de gens qu'ils n'en embauchent, en ce moment, il m'arrive de faire mon service en deux fois, ce qui donne plus ou moins des journées de douze heures, mais j'en ai l'habitude. J'ai travaillé aussi dans la restauration, en salle et en cuisine, c'est à peu près ce qu'on fait de mieux en matière d'esclavage moderne. Privé de vie privée. Horaires à la con. Mal aux pieds garanti.

Quand j'ai parlé à Marlène de mon CDD au poulailler, elle s'est exclamée d'un air ravi, un peu propriétaire :

– Ah ben, ça tombe bien, mon mari est là-bas, lui aussi ! Il fait le désonglage des canards, l'épointage des poulets, les vaccins et le chaponnage. Il est là depuis vingt-trois ans. C'est pour ça qu'on a acheté ici, c'est bien pratique : il peut aller au travail en vélo. Avant, il était sexeur de poussins, et c'est tout. Ça payait bien. Il mesurait les plumes. Maintenant, c'est fini, y a plus que des Japonais pour faire ce boulot, ils font ça en leur regardant le trou de balle. Ça va plus vite, à ce qu'il paraît. Mon mari dit que c'est moins sûr qu'avant et qu'il y a des erreurs, avec cette méthode. Enfin, bref, c'est plus ce que c'était, les temps changent. Viens plutôt voir ta chambre, tu verras, tu y seras bien. Je te dis *tu*, si ça te gêne pas, parce que les vous, machin et compagnie, c'est pas trop l'habitude, ici. Chez nous, c'est sans façons, tu verras.

La chambre était en haut, à côté de celle de Roswell qui devait dormir, à cette heure-là, car je ne l'ai pas vu. Il y avait une salle de bains installée dans un ancien placard, fermée par une porte Kazed, et je pourrais faire pipi en me lavant les dents, vu le peu d'espace entre les toilettes et le lavabo. Mais bon, c'était correct, moche et propre, pas cher, avec vue sur le poulailler et l'échangeur de l'autoroute.

J'ai dit que j'allais réfléchir, et j'ai rappelé le soir même.

Quand je suis arrivée, le lendemain soir, Bertrand était à table. Marlène m'a présentée, en disant : « C'est Alex, notre locataire ! »

Il m'a serré la main à m'écraser les doigts, d'un air gauche.

Ensuite, il s'est raclé la gorge.

– Tu as mangé ?

– Oui, merci.

– Tu boiras un canon, quand même ?

– Une bière, si c'est possible.

Pendant que je buvais ma 33 Export, il me dévisageait sans rien dire, avec au fond de l'œil quelque chose de trouble. Marlène aussi, je voyais bien. Et je savais pourquoi.

Mon prénom ne dit rien sur moi. Mon corps, pas davantage. Je suis toute en longueur, maigre comme un coucou, grande pour une fille, j'ai oublié d'avoir des seins, j'ai les cheveux rasés haut dans la nuque, coupés court en épis, dessus.

Je mets des jeans serrés, un sweat à capuche, un peu large. J'ai des piercings dans mes sourcils épais, un visage dur et osseux, et la voix cassée des fumeurs.

Je pourrais bien être un garçon. Je ne dis pas que ça m'aurait plu. En tout cas, je ne fais rien pour prouver le contraire. J'aime marcher la nuit. J'aime être seule, et aller où je veux. Mais quand on est une fille, le soir, sur les routes désertes, on fait ralentir les voitures, sans leur avoir rien demandé. Il y a des vitres qui se baissent, des voix bourrées qui gueulent :

– Hé ! Mademoiselle ! Vous allez loin comme ça ? Vous voulez pas qu'on vous emmène ?

Des bagnoles qui vous suivent au pas, comme de gros clébards fidèles, le temps qu'on tourne au coin d'une rue, qu'on fasse semblant d'entrer dans une cour d'immeuble, ou qu'ils se lassent, et qu'ils repartent à fond la caisse en laissant la gomme des pneus.

Quand j'étais jeune, j'ai eu peur, quelquefois. Peur, c'est tout. Mais ça suffit quand même. Du coup, maintenant, je me déguise. Je m'habille comme un mec, je me coiffe pareil, je roule un peu des épaules quand je marche. Ça me rend invisible, je ne suis plus une proie, un gibier. Juste un ado, de dos, qui marche dans la nuit.

Un jeune. Rien de plus.

Même dans la lumière, je peux tromper mon monde un moment.

Peut-être à cause de mon regard. Je ne fais pas gentille, je n'ai pas l'air poupée Barbie. Lorsque je suis émue, je ne le montre pas. Sauf à Roswell, parce qu'il ne le voit pas.

Quand j'étais petite, si je pleurais, mon père me disait :

– T'as vraiment pas de couilles, ma fille !

Et ça faisait marrer mes frères.

Alors ce soir-là, Bertrand et Marlène m'observaient, l'air de rien, en plein doute.

Ils n'osaient pas aborder franchement la question. Ils tournaient autour du pot, en espérant que je leur donnerais des pistes. J'étais quoi, j'étais qui ? Un mec un peu tarlouse, une gousse, ou bien quoi ? C'est Bertrand qui avait l'air d'être le moins à l'aise.

– Marlène m'a dit que tu bosses à l'usine ?

– Oui.

– Tu es de la région ? a enchaîné Marlène.

– Non.

– T'as que ça, comme affaires ? T'as rien qu'un sac à dos ?

– Oui.

Évidemment, ça semblait louche. Marlène a continué son interrogatoire, d'un ton un peu inquiet, soudain, vaguement maternel :

– Tu ne t'es pas barré d'un foyer, d'un truc ou quelque chose ?

– Non.

– Mais t'es majeur, au moins ? Parce qu'on veut pas d'emmerdes.

J'ai soupiré, j'ai sorti ma carte d'identité de ma poche et je la lui ai tendue. Elle l'a saisie d'une main autoritaire, elle l'a étudiée, comme aurait fait un flic, en me comparant avec la photo. Et puis elle a haussé les sourcils, brusquement, et elle a dit en rigolant :

– Dis donc, tu les fais pas !

Elle s'est retournée vers Bertrand.

– Tu l'aurais cru, toi, qu'elle avait trente ans ?

Bertrand a souri, soulagé. J'étais majeure, et j'étais une fille. Deux bonnes nouvelles à la fois. Les mecs, c'est pas soigneux, ça n'aère jamais, ça laisse traîner partout des odeurs de baskets, des slips sales, ça met toujours le foutoir dans les piaules.

Des fois, c'est à tel point qu'il faut tout repeindre après eux. Une fille, oui, c'était bien.

– Je vais te dire, tu les fais pas, c'est vrai ! a dit Bertrand. Tu as fait un CAP agricole, alors?

– Mmmhh.

Contentez-vous de ça.

Pas de CAP, non.

Élevée en libre parcours.

Mon rêve, ce n'était pas de faire de la fumigation d'œufs de poule au formol, pour enlever les bactéries. Ni de me lever à cinq heures et d'aller au boulot en longeant la départementale dans des relents d'essence et des nappes de brouillard. Ni de louer ici, chez Marlène et Bertrand, dans ce trou du cul du monde avec vue sur la zone.

Vous connaissez quelqu'un dont le rêve soit ça ? Vivre sa vie les deux pieds dans la merde, dans cette odeur pourrie des poulaillers industriels ?

Dans les maternités, d'après moi, il n'y a que des princesses et des princes charmants, dans les petits berceaux en plastique. Pas un seul nouveau-né qui soit découragé, déçu, triste ou blasé. Pas un seul qui arrive en se disant : Plus tard je bosserai en usine pour un salaire de misère. J'aurai une vie de chiotte et ce sera super. Tra-la-lère.

Pourquoi je suis ici, en ce moment, même pour moi c'est un mystère.

Mais comme je crois au destin, je me dis qu'il doit y avoir un grand plan qui m'échappe, au-dessus de ma tête. Qu'il doit y avoir une raison.

L'univers n'est pas fait pour les gens comme Roswell.

Il se tient replié sur lui-même comme s'il regrettait quand il était fœtus. Il est maigre, tordu.

Dès que je l'ai vu, il m'a fait penser à cet extraterrestre de l'affaire Roswell, dont la soucoupe volante s'était soi-disant écrasée aux États-Unis, à la fin des années quarante.

J'aurais pu l'appeler E.T., et ça lui irait très bien aussi.

Mais Roswell, c'est plus classe.

Roswell a trente-deux ans, il rit presque tout le temps.

Il dort assez souvent, aussi, grâce à Marlène. Dix fois par jour, elle lui demande :

– T'as pas soif, l'imbécile ?

Ou : le crétin, le gogol, l'ahuri. Neuneu ou Débilou, dans les jours de tendresse.

Roswell se marre, montre son verre, hoche la tête, et chuinte :

– Ah sschi : assch'ouaf !

Alors elle lui en sert un, et s'en sert un aussi. Après un ou deux verres, il s'endort sur sa chaise. Et Marlène pleure en mettant des CD.

Elle est sensible.

Il y a eu des moments de bonheur dans sa vie, des moments qu'elle regrette. Elle a été Miss, lorsqu'elle avait vingt ans. Pour bien se souvenir comment elle était belle, elle a mis sa photo sur le mur de l'entrée, prise sur la première marche du podium, avec le maillot deux-pièces, le diadème et la banderole « Miss Vendanges 90 ».

On ne la reconnaît pas très bien, pas seulement parce qu'elle était mince, mais aussi pour son expression, un beau sourire en grand, des yeux pleins d'avenir.

À côté, dans un cadre à dorures dorées, il y a trois coupures de presse jaunies : *Le Régional*, *La Petite Province*, et *L'Écho des quartiers*. « Un bon cru pour les Miss Vendanges ! » « 90, la cuvée Marlène ! » « Marlène Dachignies, de la cuisse et du corps ! »

Marlène dit que c'est dur de tomber dans l'oubli, quand on a approché la gloire.

Elle a posé un vase avec des fausses fleurs, juste en dessous, sur la commode. Ça fait comme un petit autel, ou comme un petit cimetière. Il ne manque que des bougies.

Lorsqu'elle parle de l'élection, elle dit que ç'a été le plus beau jour de sa vie. Et que si le Bertrand ne lui avait pas mis des bâtons dans les roues, avec sa jalousie, sa possessivité, elle se serait présentée ailleurs.

Et elle aurait gagné, c'est sûr, parce qu'elle avait l'ambition, le mental, le physique.

Mais non, il lui a dit : « C'est les concours ou moi. »

Elle était jeune, elle a dit : « Toi ».

– Pourtant, moi, j'aurais pu aller loin, tu peux me croire ! J'aurais pu monter jusqu'aux régionales, peut-être même encore plus haut !... Mais penses-tu, j'ai raté l'encoche ! J'ai brisé ma carrière en plein début d'élan ! L'amour, ça en fait faire, des conneries, tu sais !

Marlène, elle a le vin récapitulatif.

Depuis que je suis là, j'ai eu droit à sa vie dans toutes les longueurs. J'ai beau savoir qu'elle s'adresse à moi parce que c'est moi ou rien, certains soirs je l'écoute. Et souvent, au bout d'un moment, sous la couche de fond de teint et les mèches blond platine aux racines châtain foncé, je ne vois plus qu'une vieille ado qui arrive un peu trop tard sur le quai de la gare, quand le dernier train est parti. Elle est déjà rancie comme un vieux bout de lard. Elle a la quarantaine salement amochée. Elle est triste.

J'en ai connu tellement d'autres, qui lui ressemblent un peu, beaucoup.

Elle peut dérailler des heures, touiller sans s'épuiser dans le fond de la vase, jusqu'à ce que tout soit trouble et moche dans sa vie. Elle a de la constance.

Parfois, elle s'arrête au milieu d'une phrase, pose sur moi un œil de poisson mort, et elle dit :

– Tu es une femme, aussi, alors tu peux comprendre !

Un jour, elle m'a demandé :

– T'as des gamins, toi ?

Et elle a ajouté tout de suite, en haussant les épaules : « Pfff, t'es trop jeune, je suis con ! »

Non, non : je pourrais en avoir, des enfants. Plusieurs, même. Mais elle oublie toujours que j'ai trente ans. Je sais, j'ai quelque chose de pas fini, pas mûri, dans l'allure.

Ne pas avoir d'enfants, c'est la croix de Marlène. Son drame, sa douleur et sa protestation.

– J'ai tout essayé, tout ! Les médicaments, les plantes, les régimes ! Je suis même allée voir un rebouteux, tu sais. Un vieux, au centre-ville, qui soignait sur photo et par implantation des mains. J'ai tout passé, comme examens. On m'a examinée sur tout le fond en comble, je peux te dire. Tout ça pour nous lâcher que c'est Bertrand qui pouvait pas !

Arrivée à ce chapitre-là, en principe, elle soupire, se tamponne les yeux avec un Sopalin en essayant de ne pas se gâcher le rimmel, et ajoute :

– Il ne peut pas encaisser cette idée ! Ça le blesse dans sa fierté, faut comprendre : avoir les œufs clairs, pour un homme qui a fait le sexeur de poussins pendant près de dix ans ! Depuis, il dit plus jamais rien ou presque, lui qui était déjà pas bavard. Et pour la chose, enfin, tu vois… On est des femmes, on peut tout se dire : eh ben c'est comme si j'étais devenue transparente, à croire que j'inspire plus l'amour. Pas croyable, tu trouves pas ?

Je n'ai pas besoin de répondre. Un mouvement du menton, un hochement de tête, ça suffit. Marlène ne veut pas mon avis, elle veut seulement mes oreilles.

– Le gényco nous l'a bien dit, pourtant, qu'il y avait des solutions ! Et à l'époque, on était jeunes. Mais Bertrand, il a pas voulu en entendre parler, il a tout refusé en bloc. Pourtant moi j'étais prête à tout, s'il fallait. Même l'incinération artificielle, j'aurais pas été contre !

– L'insémination.

– J'étais pas contre ça non plus.

Elle s'anime, elle devient rose.

– J'aurais même adopté, tu vois. Quand ça te prend, les envies de bébé, tu pourrais en voler dans les maternités. Il y en a bien qui le font, pas vrai ? On en voit, aux infos, hein ! Il paraît que c'est hormonal : tout ce vide ça te remplit, tu penses plus qu'à ça, à ça et plus rien d'autre. Mais adopter, en même temps… Pfff ! On sait jamais trop d'où ça sort, tu comprends ! Tu vois pas qu'on nous aurait refilé un gamin imbécile ? On en aurait fait quoi ? Tout ça pour se retrouver avec l'autre, là. Ah, crois-moi, j'ai mon compte avec lui !

Ça finit presque toujours sur Roswell endormi, qui bave en souriant de toutes ses gencives.

Marlène se ressert un petit dernier, pour la consolation, puis elle va regarder la télé au salon, le temps que le sommeil la gagne et la fasse monter sur de nouveaux podiums.

Moi je débarrasse, je lave ma vaisselle, je vais prendre l'air dehors, ou je file au boulot.

Roswell n'a pas de vision intégrale des choses, il manque un peu de connexions.

Bertrand dit qu'on n'y peut rien, qu'à sa naissance ils ont sûrement merdé, à la clinique. Qu'il y a dû y avoir comme un gros cafouillage. Et vu qu'on l'a raté, il est taré.

C'est tout.

Il n'est jamais synchrone avec nous, avec rien.

Je ne sais pas ce qu'il comprend, ni même ce qu'il voit vraiment. Il paraît que les chats ne distinguent pas le rouge, que les chiens voient six fois moins bien que nous. Mais lui ? Il vit dans un autre monde, un monde parallèle. Je sais qu'il aime regarder la télé, et manger. Surtout ça. Même s'il ne fait pas la différence entre couscous et cassoulet.

C'est un des petits jeux de Marlène.

– Tu voudras le croupion, Neuneu ?

– Rreuveupien !

– Ha ha ! Tu veux le croupion ?! Mais c'est du lapin, quelle andouille !

Bertrand soupire :

– Je vais te dire, c'est pas drôle, Lénou, t'arrête un peu avec ça, c'est compris ?

– Si on peut plus se marrer, maintenant ! Hein, mon Neuneu ?

Roswell répète : « Étu lapin ! étu lapin ! » en se fendant la gueule, et Marlène est contente.

Elle caresse Tobby, elle dit qu'heureusement, y en a qui ont de l'humour !

Dans les yeux de Roswell, il y a de la confiance aveugle, sans limite. Quelque chose d'un tout petit gamin, et d'une bête, aussi. D'un chien battu, voilà.

Autant d'amour dans l'œil, ça me gave : je me crois obligée de m'occuper de lui. C'est pas du tout de moi, cette façon de ne pas m'en foutre. Mon cœur, ce n'est pas un chenil.

Mais le soir, il n'y a rien à faire, je ne pourrais pas le laisser dormir sans un dernier bisou sur sa barbe râpeuse. Sans ses « Hésschantille-hein ? » et sans ses « Oké-sschef ! »

Je n'avais jamais travaillé en usine, c'est moins dur que je ne croyais.

Moins dur, mais plus décourageant.

Les femmes ont le cheveu terne, le teint pâle et les yeux cernés. Elles parlent de tout, de rien, mais surtout de leurs mômes. Leurs mômes, sans arrêt.

– Mon dernier m'a fait une otite. J'ai dû le laisser à la maison, c'est ma frangine qui le garde.

– La mienne vomit tous ses repas depuis deux jours. Il paraît qu'il y a des gastros…

– Et ton petit, ça y est ? Il fait ses nuits ?

– Tu parles ! Il me fait lever quatre cinq fois, et chaque fois son père gueule ! Mais ça le fait pas sortir du plumard pour autant ! Les mecs, pour ça, on peut compter dessus !

Je les entends réciter la liste des bronchites, des vaccins, des premiers mots, des premiers pas. Et regretter tout ce qu'elles ratent, tout ce qu'elles ne voient pas, mais que la nounou leur raconte le soir, ou la maîtresse, après l'école.

Ces autres femmes, qui sont là, à garder leurs gamins, pendant qu'elles travaillent. Et qui ne voient sûrement pas grandir les leurs, non plus.

– Tu sais pas ce qu'il a dit à sa maîtresse, l'autre jour ?

– Tu sais pas ce qu'elle a fait à la nounou, vendredi ?

Quand elles parlent de leurs gamins, elles s'éclairent un peu, redeviennent vivantes.

Elles parlent de ça. De ça, et puis du fric.

Pas de celui qu'elles gagnent : de celui qui leur manque, à chaque fin de mois. Sauf que les fins de mois, elles arrivent le quinze. Et même avant, parfois. Le prix des yaourts, des légumes, des pâtes. Des cahiers pour les gosses, et des feutres, et tout ça.

Elles arrivent au boulot le moral à la cave, petits et gros ennuis qui collent à leur moral comme l'odeur de fumier à leurs fringues, quand elles ont fini leur journée.

Le travail à la chaîne, ça enchaîne aux soucis. Ça occupe les mains, ça libère la tête. On a le temps de ressasser tout ce qui ne va pas. Même à la pause, elles ont encore du mal à oublier les idées noires, les prochains licenciements qui s'annoncent déjà, leur bonhomme au chômage peut-être, les manifs dans la rue, et rien qui change. Rien.

La seule chose, après leurs gosses, qui leur met des fossettes aux joues, c'est leurs histoires de chéris. Les battements de cœur, tous les films qu'elles se font et qui les aident à passer la semaine, le mois, l'année, la vie. Elles se racontent entre elles les débuts et les fins. Les illusions, les fausses joies et les vraies peines. Mais aussi les jolies histoires, les mariages heureux, les enfants attendus, le bonheur quand il vient.

Les hommes cherchent à draguer un peu, pendant les pauses, quand on fume une clope sous l'abri de l'auvent. Et puis à la cantine, aussi. Ils sont maladroits, pas bien fins, on les voit venir de très loin. Ce sont des hommes.

Certains sont mignons, d'autres moches. La plupart sont entre les deux.

Il y a des romans qui se nouent, des histoires qui s'effilochent. Certains regards caressent, et parfois déshabillent, et d'autres semblent empoisonnés. La jalousie, quelle torture !

Il y a Vanessa, son fond de teint en couche, son rimmel impeccable, ses escarpins vernis qu'elle laisse dans son casier aux heures de travail, et ses ongles rongés. Vanessa qui attend chaque soir son fiancé, mais qui certains soirs rentre à pied, en se tordant les chevilles sur les graviers du bas-côté, parce qu'il l'oublie, parfois, ou bien qu'il a trop bu, ou qu'il lui fait la gueule.

Jocelyne, qui se change avant nous, pour ne pas nous montrer les marques sur sa peau. Qui croit qu'on ne voit rien, et parle de son mec et de leur grand amour avec tant de fierté, et à qui on n'ose rien dire, parce qu'on sait que c'est ça qui la maintient debout : pouvoir s'imaginer qu'elle donne le change.

Pedro, qui regarde toujours les filles entre les seins.

Mistlav, qui n'ose pas lever les yeux sur nous, qui rougit à peine on lui parle.

Le vieux Darnel, qui pelote autant qu'il le peut, tâte le cul des filles comme des camemberts, et rit comme un gâteux quand il se fait traiter d'obsédé ou de vieux dégueulasse.

Il y a celles qui sortent en boîte chaque samedi soir et qui ne rentrent jamais seule, mais pour une nuit seulement. Et le lundi matin, premier poste à cinq heures, elles racontent leur feuilleton aux vestiaires. Elles rient de tout, celles-là, elles en rajoutent, elles sont paillardes, branchées cul. Elles décrivent le sexe des hommes, et leur façon de s'en servir.

Elles racontent par le menu, dans les détails. Parfois elles miment.

Certaines sont choquées ou font semblant de l'être. Les plus vieilles se marrent.

Souvenir, souvenir…

Souvent je les écoute, et parfois je m'éloigne.

Je n'ai rien à leur raconter.

Je crois bien que Roswell est seul de son espèce.

Tout seul et séparé de nous par une vitre invisible. C'est un poisson rouge en bocal. Il nous voit, on le voit, ce n'est pas pour autant qu'on vit vraiment ensemble.

Quoi qu'il fasse, il est loin.

Il doit peser trente-cinq kilos tout habillé, avec son jean qui flotte sur les jambes arquées, son pull marron trop grand, ses pantoufles élimées.

On le pousse de l'index, même pas : on lui souffle dessus, je suis sûre qu'il s'effondre.

Il ne *tient* pas debout, il essaie seulement de garder l'équilibre. Chaque pas est là pour rattraper celui qu'il vient de faire, il court après la chute mais il ne tombe pas, et ça tient du miracle. Il marche, il va, il vient, en se tenant aux murs, aux dossiers des fauteuils et aux poignées de porte. Il se fait du pop-corn. Il avance comme ces vieux jouets mécaniques qu'on trouve aux puces. Il tressaute et brandouille de toutes les attaches, on dirait qu'il ne tient que par les tendons, comme une marionnette soutenue par ses fils.

Il a l'air bricolé, fait de plusieurs morceaux.

Mais pourtant il est là. Et il sait plein de choses.

Je m'en suis aperçue par hasard, l'autre soir.

Juste avant que je ferme la porte, au moment du coucher, il a dit :

– Kell' zjour sssschommes-hou...

– Hein ?

Les discours, ce n'est pas son truc, alors j'ai pensé que s'il avait quelque chose à me dire, c'était sûrement important.

Je suis revenue vers lui, je me suis assise au bord du lit.

– Qu'est-ce que tu dis ?

Quand il parle, il faut se donner du mal pour comprendre, à cause de son palais déformé. Mais à force, pour peu qu'on y prête l'oreille, on arrive à en saisir assez pour refaire une phrase, avec les trois mots qu'on décode, noyés dans la bouillie autour.

– Kell' zjour sssschommes-hou...

– Tu veux savoir quel jour on est, c'est ça ?

Je me demandais bien ce que ça pouvait lui faire.

– Ben, heu... On est mardi.

Il a secoué la tête, à sa façon bizarre.

Quand il veut dire non, il hoche la tête en diagonale, de bas en haut, comme font les chats pour vous dire bonjour, quand ils vous cognent par en dessous, avec le sommet de la tête.

Il a rigolé, et il a répété :

– Kell' zjour sssschommes-hou...

Et puis il a continué, sans me quitter des yeux :

– Hou sssschommes koullé-zzjours, mon'am'hie., Hou sssschommes kouke-la vvvie, mon'am'hour...

Et comme je le regardais sans comprendre, il m'a fait son affreux sourire qui bave, et tire plus d'un côté que de l'autre.

– SSccchh'é un po-ème ! il a dit.

– Un poème ? Tu sais des poèmes, toi ?!

– Hhui.

Il avait l'air content.

Je suis ressortie de la chambre un peu sonnée.

Un poème.

Je suis allée demander à Bertrand et Marlène s'ils étaient au courant.

– Des poèmes ?! a dit Marlène en rigolant. Ben voilà qui va lui servir ! Sa mère aurait mieux fait de lui apprendre à être moins con et à ne pas salir ses couches !

Bertrand a haussé les épaules.

Il m'a seulement regardée sans rien dire, avec son air d'attendre au fond du trou qu'on lui balance enfin des pelletées de terre.

Puis enfin, il a fait, d'un ton désabusé :

– Ma mère devait lui faire passer le temps comme ça. Il fallait bien qu'elle l'occupe. Et puis c'était sa manie, les poésies, les chansons, les comptines. Pfff, elle a dû m'en dire des brouettes, à moi aussi ! Mais je vais te dire, Gérard, il ne comprend rien à ce qu'il raconte ! C'est comme un perroquet, tu sais… Il répète, c'est tout.

– Ben oui, c'est un neu-neu, quoi ! a dit Marlène en insistant bien sur le mot. Un *neu-neu,* tu saisis ? Il pige rien à rien, il n'est pas comme nous.

– Ça, c'est sûr, je lui ai dit.

Le lendemain, j'ai dit à Roswel qu'il était joli, son poème de la veille.

Il a dit :

– Hhui, kré ssscholi !

Il s'est marré.

Depuis je lui en demande, de temps en temps. Souvent il ne veut pas, il fait sa tête en diagonale, donne des coups de front dans le vide. Il n'est là pour personne.

Mais s'il est d'humeur, il m'en dit un, quand on est seuls, lorsque Marlène fait ses courses, ou avant de s'endormir.

J'écoute et j'essaie de comprendre. Quand j'étais gamine, c'était la seule chose que j'aimais, à l'école, la poésie. Ça, et puis la musique. Que des choses sans importance, qui ne servent à rien dans la vie.

Je ne sais pas de qui ils sont, ces textes, et d'ailleurs je m'en contrefous.

Quel jour sommes-nous
Nous sommes tous les jours
Mon amie
Nous sommes toute la vie
Mon amour
Nous nous aimons et nous vivons
Nous vivons et nous nous aimons
Et nous ne savons pas ce que c'est que la vie
Et nous ne savons pas ce que c'est que le jour
Et nous ne savons pas ce que c'est que l'amour

– E hou he sschafonpa ssche keu ssch'est keula-m'hour…

Il articule tant qu'il peut, Roswell, et ça lui demande un effort, je vois bien. Mais il bouffe quand même la moitié des consonnes. Il se concentre, il postillonne, coupe les mots n'importe quand. Pourtant, moi, je suis sûre qu'il comprend tout à fait ce qu'il dit, même s'il ne sait pas bien, lui non plus, ce que c'est que la vie, ni le jour.

Ni l'amour.

La première fois qu'on voit Roswell, il fout la trouille.

Ça cause un choc, ses grosses dents jaunies en bazar dans sa bouche, et son corps mal foutu, tout caricaturé. On a le sentiment que c'est une grave erreur, une gaffe de la nature, un vrai n'importe quoi. On voudrait pouvoir le démonter, le détordre, le mettre à plat, et le reconstruire dans l'ordre. Le regarder, ça met salement mal à l'aise, on se sent trop normal. Enfin, c'est ce que j'ai pensé, moi, en le découvrant tassé sur le canapé, avec le petit fil de bave luisant qui coulait de sa bouche, sa laideur incroyable, son sourire de monstre et ses yeux de bébé.

Ce soir-là, Bertrand m'a regardé le regarder, sans commentaire.

Et puis il a laissé tomber :

– C'est mon frangin. Gérard.

J'ai trouvé que Roswell, ça lui allait beaucoup mieux. Il a beau être là, on n'est pas certain qu'il existe. On n'y croit pas. Il faut y regarder encore, à plusieurs fois. Et le doute subsiste.

Je ne sais pas si Bertrand aime vraiment son frère.

Je crois seulement qu'il croit devoir l'aimer.

Côté canal

Ces temps-ci, je passe ma journée sous le pont, à jeter des cailloux dans l'eau pour tenter de choper les truites. Résultat : pas moyen.

Le Mérou me tient compagnie.

C'est presque son vrai nom, le Mérou. Olivier Lemauroux, il s'appelle. Mais quand on voit ses grosses lèvres roses, avec celle du bas qui boude un peu sur l'autre, et ses yeux globuleux, c'est à se demander si les noms ça jouerait pas un peu sur le physique.

On dirait bien un mérou, en tout cas.

Il s'installe sur le bord du talus, à deux mètres de moi, son gros bide calé sur les genoux, sa casquette enfoncée sur la tête et sa caisse de Kro à portée de la main. J'entends seulement le *plop*, quand il s'en décapsule une, et puis ce bruit d'évier qu'il fait en picolant. Son tiapement de langue, et un petit *ahhh !* pour finir. Et tout de suite après, le plouf de la canette, lorsqu'il la balance au milieu du canal.

– Putain, arrête un peu, avec tes conneries ! T'es vraiment dégueulasse ! je gueule.

Cause toujours.

Des fois j'insiste, par acquit de conscience et citoyenneté :

– Tu y penses, à la pollution ?

– Ben quoi ? Faut bien qu'elle apprenne à nager ! C'est normal, pour une canette !

Il se marre tout seul. Le Mérou, il est très fort pour rire de ses blagues.

Ou alors il répond, en haussant les épaules :

– Le métal, c'est pas sale.

– Ça pollue, en tout cas ! T'es pas écologique.

– Ouais, mais bon, on s'en branle.

Le Mérou, il a une capacité atomique à se foutre de tout, et à te le faire savoir. Il commence ou finit la moitié de ses phrases par : on s'en fout, on s'en tape, on s'en branle, j'en ai rien à carrer, à cirer, à secouer, je m'en bats les couilles, et toutes les variantes qu'on peut imaginer.

Il y en a certains que ça pourrait choquer, tout ce je-m'en-foutisme. Moi, franchement, ça me repose. Au moins, il ne fait pas semblant, il la joue pas *Putain je suis trop concerné par le trou dans la couche d'ozone, et la pollution qui salit !* comme tous les hypocrites qui se mettraient à glapir au scandale s'ils le voyaient transformer le canal en poubelle, mais qui laissent leur papier cul en travers du chemin quand ils vont promener.

Le Mérou, il a décidé depuis longtemps qu'après lui le déluge. Je ne dis pas que je trouve ça bien, mais au moins il est clair avec sa connerie.

En tout cas, il continue à jeter ses ordures à la flotte, toujours au même endroit, vu que depuis le 31 décembre, date de sa dernière Bonne Résolution, son objectif c'est d'arriver à combler le milieu du canal à coup de Kronenbourg. D'y construire un barrage. Et comme c'est un consciencieux, lorsque le temps est trop pourri et ne lui permet pas de picoler sur place, il bosse à la maison et se ramène ici avec ses quilles vides, dès que ça se remet au beau. Mais attention : que des fioles rincées par lui-même, à l'ancienne, tout seul. Pas d'aide, pas de triche ! Du travail d'artisan. Chaque Kro, c'est comme une brique pour sa future pyramide.

Tout à l'heure, il m'a dit :

– T'imagines un peu le délire ? Un barrage rien qu'en canettes de 33 cl ! Ça ferait comme un iceberg : on verrait qu'un bout qui dépasse, mais dessous ce serait é-nor-me !

– Ouais, c'est bien ce que je dis, c'est pourri, ton idée ! Sans compter que tu vas y laisser ta santé, parce qu'à mon avis, le canal, en profondeur, il fait dans les trois mètres !

Le Mérou a cligné ses gros yeux de poiscaille. Il a poussé sa lèvre du bas en avant.

– Trois mètres ? OK, mettons ! Mettons qu'il y a trois mètres ! Eh ben, si une canette ça mesure… bon, allez, disons douze centimètres de haut, et si j'ai trois mètres à combler sur, disons, huit mètres de large, alors attends, ça fait…

Il est parti dans ses calculs – je pose un, je retiens trois – et c'était un tel purgatoire qu'il transpirait du front jusque dans les sourcils.

– Te fatigue pas ! j'ai coupé. Tes canettes, elles vont pas se caler debout et s'entasser bien poliment les unes sur les autres. Elles vont se foutre en bordel dès qu'elles toucheront le fond, sans compter que le courant va les traîner sur au moins trois ou quatre mètres, chaque fois qu'on ouvre l'écluse. Et que la première péniche qui passe va les repousser sur les bords. Alors, d'ici que ça émerge, ton barrage, tu auras le foie comme une éponge et la vésicule en rideau.

Le Mérou a reniflé, puis il a fait, royal :

– Peut-être, mais, tu vois, j'en ai rien à carrer. Y a des fois, il faut se sacrifier pour atteindre son but. Et puis, dis pas de conneries, il en passe jamais, par ici, des péniches.

Lui, je l'aurais bien vu en homme politique : son obsession, c'est de laisser quelque chose après lui. Tant pis si c'est qu'un tas de merde.

Il faut croire que c'est humain, de vouloir être inscrit au Livre des Records, ou de se faire épingler une médaille au revers, et même si dessus c'est marqué « Roi des Glands ».

N'empêche, j'ai bien senti que son moral branlait un peu du manche après mes réflexions, et je m'en suis voulu. C'est trop facile de jouer les creveurs de ballons. Suffit de pas grand-chose pour démonter les gens : un simple petit jet d'acide, hop, en passant.

Je savais qu'il était contrarié, parce que les *plop* et les *ahhhh !* avaient diminué de moitié.

J'aurais voulu lui remonter le moral, lui dire que la greffe du foie, c'est pas fait pour les chiens et que le jour où le sien serait complètement niqué, il n'aurait qu'à s'en faire fourguer un autre, pour peu qu'un abstinent compatible avec lui ait la super-idée de clamser en urgence. Mais c'est dur de rester positif, quand on a le moral au point mort.

Du coup, je n'ai rien dit.

Comme toujours, j'étais calé le dos contre un platane, je regardais passer l'eau devant moi. J'essayais de penser à rien, pourtant c'est difficile. On a beau se forcer à faire le ménage, ça finit toujours par venir, les idées. Et ces temps-ci, c'est pas génial, ce qui me passe par la tête.

Ça m'est venu un matin au réveil, sans raison raisonnable. Je me suis levé avec l'envie de dégueuler mes tripes et puis le sentiment que ce qu'il y avait de mieux à faire, c'était de me refoutre au lit. Depuis, ça ne me lâche plus, sauf quand je fais des plans pour changer mon destin. Et même ça, ça me fatigue. Le mieux que j'ai trouvé, c'est encore de rester la tête dans le vague, et d'arrêter de brasser le bouillon, en dedans. Du coup, ça me rend silencieux. Je suis comme ça, mes joies et mes malheurs, je les garde pour moi, comme un sale égoïste.

Et je préfère ceux qui en font autant.

Je n'aime pas trop les expansifs.

C'est pour ça que je le respecte à ce point, le Mérou : quand tu te tais, il n'essaie pas de t'extorquer ta vie pour savoir les quoi ou les qu'est-ce. Il fait pas psy seconde langue.

Si je me mets à soupirer, c'est pas le genre à dire :

– Ho, Cédric ? T'es pas bien ? Tu veux pas qu'on en parle ?

Et si je me foutais à chialer – supposons –, il ne ferait aucun commentaire.

Au pire, il me tendrait son mouchoir, mais j'éviterais de le prendre.

Je veux bien crever de chagrin, mais pas d'un microbe à la con.

Donc, à ce moment-là, je regardais passer la flotte et c'était tout. Le Mérou marmonnait tout seul dans son coin. Il devait continuer à calculer combien il lui faudrait de canettes posées à plat, pour la voir émerger, son île.

Je l'ai laissé faire mousser ses rêves. Rêver, ça mange pas de pain.

Sur le coup de six heures, il a fini par soupirer :

– On se fait un peu chier, non ?

Ce n'était pas vraiment une question, ni une réflexion qui m'était destinée, juste une appréciation générale. J'avais pas à répondre, ni à philosopher.

J'ai quand même fait : *c'est clair !* par politesse.

Il s'est levé, en grinçant des genoux. Il a shooté dans le carton dans lequel il avait trimballé ses canettes, plouf. Une merde de plus au milieu de canal.

Il a dit :

– Bon, je vais m'en jeter un !

Les bières, ça compte pas dans sa consommation. C'est du travail, pas du loisir.

Et de toute façon, même avant son projet de barrage, il précisait toujours :

– La Kro, c'est pas de la boisson.

Pour lui, la *boisson*, c'est ce qui titre au moins douze degrés. Le reste, c'est pour s'hydrater.

Le Mérou, il est scrupuleux, il suit sagement les conseils qu'on donne à tous les vieux à chaque canicule : deux litres au moins par jour. Si c'est bon pour le troisième âge, c'est sûrement bon pour lui aussi. Il a raison : on est des futurs vieux, faudrait pas l'oublier.

Quoiqu'à ce compte-là, on est des futurs morts, aussi.

Et dans ce cas, pourquoi s'en faire ?

Comme il restait planté devant moi, à me regarder fixement, j'ai compris qu'il attendait que je me lève aussi. J'ai pas bronché, j'ai juste dit, sans desserrer les dents :

– Tchô !

– Tu restes là ?

– Ouais, pas envie de rentrer maintenant.

– …

– Tu peux y aller, c'est bon.

– Sûr ?

– Sûr.

Il a piétiné comme un ours, d'une patte sur l'autre. J'entendais mijoter dans sa tête : « Je le laisse, je le laisse pas ? »

J'ai gueulé :

– Putain, c'est bon, je te dis ! Y va rien m'arriver ! Me fais pas ta nourrice !

Le Mérou a hésité encore une minute.

Mais, vu qu'il y a quand même des choses essentielles, la soif l'a emporté et il m'a dit salut.

Je l'ai regardé s'éloigner, le long du chemin de halage. Il remontait son pantalon toutes les cinq minutes. Quelle que soit sa marque de jeans, il a le fond du futal qui lui pendouille aux fesses, la raie du cul à l'air à peine il s'accroupit. Et depuis le début des grands travaux qu'il entreprend dans le canal, il a dû prendre encore cinq kilos, qui se sont rajoutés à la bouée qu'il avait d'origine. Il est taillé comme une poire, maintenant.

Quand on lui parle de régime et d'arrêter de picoler, il soupire :

– Faites pas chier avec la bière ! C'est que de l'orge et du houblon, ça fait pas mal, les céréales ! La vie est courte ?! Je m'en branle ! Quand elle finira, on nous mettra où çà ? Hein ? En bière, justement ! Ben moi, au moins, je m'accoutume.

Après qu'il soit parti, je me suis senti seul.

C'est bizarre : le Mérou ne dit jamais plus de trois phrases à l'heure, pourtant dès qu'il s'en va, tout devient silencieux. Allez comprendre.

J'étais là, dans mes pensées vagues, je laissais du mou au fil, quand j'ai vu se pointer le type, de l'autre côté du canal. Un jeune pas bien grand, tout maigre, le nez caché dans son col, la capuche rabattue, avec une drôle de façon de marcher, un peu penché vers l'avant, un peu raide et pressé, épaules remontées, mains calées dans les poches, comme s'il avait les flics au train. On le voit de temps en temps, jamais à la même heure. Certains jours, il fait demi-tour avant de passer devant notre arbre, sur l'autre berge, et puis il s'en retourne par où il est venu. Ou bien il va plus loin, à la petite écluse. Et parfois il traverse là-bas. Ensuite, il doit aller en ville. On n'en sait rien, en fait, parce qu'on le perd de vue dès qu'il a passé le transfo. D'où il vient, où il va ? Le Mérou n'en a rien à carrer. Mais moi, je me demande ce qu'il glande, ce jeune. Il doit être pareil que nous, à ne pas trop savoir quoi faire de sa peau, pour se promener comme ça, sans but précis, au pas de course.

Sur le chemin de halage, parce que là ou ailleurs…

Parfois il jette un œil sur nous, quand il croit qu'on ne le regarde pas. Et il tourne vite la tête. On dirait qu'il a peur de nous.

Chaque fois qu'il le voit passer, le Mérou lui aboie dessus, Wouff ! Wouff ! avec sa grosse voix. Pour rien. Pour déconner. Ou bien il lui balance une canette vide, en lui gueulant :

– Chope la baballe !

Mais vu la largeur du canal, il ne risque pas de l'atteindre.

Il doit nous prendre pour des nazes, ce qui n'est pas si loin de la vérité vraie.

Je l'ai suivi de l'œil, y avait rien d'autre à voir.

J'ai repensé à la réflexion du Mérou, et je me suis dit : « C'est vrai qu'on se fait chier, quand même ! »

Et pas seulement sur le bord du canal. Partout, en fait. En ville, en boîte, chez les autres et chez nous. Ici, à balancer des cailloux à la flotte.

Je me vois pas passer ma vie à tuer le temps à coups de pierre. Il faut que ça démarre un jour, putain. Il faut que ça démarre et que je me dépêche.

Comment savoir le temps qui reste, en tout ?

Quand mon pote Manu est allé embrasser un platane, un samedi soir tard sur le coup du dimanche matin, on a bien été obligé de l'admettre, que ça pouvait finir comme ça, en dérapage incontrôlé, sans prévenir la veille.

Le Mérou a dit : « Ça, c'est un coup d'épée de Damoclès, faut faire gaffe maintenant. Boire ou conduire, il faut choisir. »

Il a choisi. Il ne conduit plus, c'est fini. Il y a peut-être aussi un rapport avec le fait qu'il n'a plus de voiture. Sa dernière caisse est morte de vieillesse à 250 000 bornes, ce qui est quand même beau pour une Fiat Uno. À la fin, on ne pouvait plus lui faire que des soins palliatifs, à cette pauvre épave. Mais de toute façon, le Mérou se sentait oppressé au volant.

Par son volant, plutôt, vu son diamètre hors tout.

L'accident de Manu, ça nous a drôlement secoués dans la bande. On est restés un peu à flotter au hasard, comme des ballons sans ficelle, pendant un bon moment. Avec un sentiment pénible à digérer, qui nous faisait mariner dans l'acide. Parce que la mort ce n'est pas supportable, quand elle grille un stop pour faucher un copain qu'on a depuis la maternelle. Un mec gentil, en plus, qui venait de fêter ses dix-neuf ans, de trouver une copine sérieuse et son premier emploi, et qui avait enfin fini de s'engueuler avec ses vieux pour un oui, un non, un peut-être.

On se demandait tous : « Pourquoi lui, et pas nous ? Qui l'a fait, le tirage au sort ? »

Chacun a réagi à sa façon. Pas besoin d'en parler vraiment, c'était dit entre nous : rien ne serait jamais plus pareil. C'était lui qui était mort, c'était nous qui avions mal.

C'est peut-être la même chose pour chacun, dans la vie. Peut-être que tout le monde a, caché quelque part dans un coin, un petit bouquet indicateur à planter sur un bord de route. De ces paquets de fleurs en plastoque, ringardes, avec des couleurs tristes et un air déglingué, qui prennent la poussière et l'odeur des camions, qui voudraient dire aux gens : « Ralentissez, putain, faites pas les cons, la mort c'est pour toujours. C'est pas comme les points du permis, y a pas de stage à faire pour revenir en vie. »

Pendant longtemps, quand on perd quelqu'un de sa bande, rien que d'y repenser, ça tord au milieu, ça déchire. Et puis ça fait moins mal, ça cicatrise un peu. On sait bien que c'est là, mais ça refait de l'os autour de la fracture, ça devient plus costaud qu'avant. Voilà, c'est comme ça : au début, c'est de la douleur force 8, on est sinistré du dedans, on vit sur des décombres. Quelques années plus tard, c'est que du clapotis.

Les gens vous disent : « C'est la vie ! »

Non, c'est la mort.

C'est juste le contraire.

Et quand je regarde en arrière, que je remonte à ce jour-là, je sais bien que pour moi, ça a été le déclic. Le matin où j'ai appris que Manu était mort, j'ai commencé à la sentir, l'urgence, à ne plus supporter ce vide devant moi, ce grand Rien, que je ne savais ni comment remplir ni avec quoi. Vivre ! *Vivre*, putain ! J'avais que ce mot-là.

Juste un mot sans explications, sans rien pour me dire où aller, ni quoi faire. Comme un gros bouquin sans sommaire. Et dans le même temps, parce que je ne savais pas comment faire pour *vivre*, justement, j'ai commencé à avoir des angoisses, des vraies, de celles qui te déguisent en guenille, te font pleurer ta mère à l'intérieur de toi, croire que tu deviens fou, que tu te barres en couille ou que tu vas mourir.

J'ai vécu la déglingue infernale, avec cette impression d'être déboulonné, en kit et sans notice. J'ai picolé à me vomir moi-même, baisé à perdre toute envie. Aujourd'hui, je sais ce que j'avais : j'étais trop plein de vide, et pas assez de vie.

J'attendais tellement d'avoir une passion, un truc fort et violent qui me tire en avant. Un but.

Un Destin, même ! Tant qu'à y être.

Être pareil que ceux qui passent à la télé, dans ces émissions sortez-vos-mouchoirs où des gens sont payés pour venir vous raconter le temps passé dans la misère et puis soudain toute leur vie changée pour du vrai bonheur, d'un seul coup.

Je me souviens d'un type, entre autres. Il avait travaillé longtemps dans une banque ou une société d'assurance, je sais plus. Pour nous prouver que c'était vrai, on montrait ses photos d'avant, fringué en trou du cul. Et, tout d'un coup, ça lui a pété : il a quitté son duplex avec vue sur la Seine et il est parti faire des chèvres au fin fond de l'Ardèche, à boire de l'eau de source en citerne, et s'éclairer à la lampe à bougie.

Il se chauffait au bois, il avait l'air content.

Je ne peux pas dire que j'aurais fait pareil, vu qu'élever des bêtes j'aurais horreur de ça, mais ça donne un exemple. Seulement, une passion, ça ne se trouve pas sur petites annonces. On a ça dans le sang, ça vous prend tout minot.

Il y avait une fille, dans ma classe, au collège, elle voulait devenir championne de basket. Elle faisait les entraînements du mercredi, ceux du vendredi soir, du samedi matin, et les matchs pour finir. Elle y croyait dur comme fer, à sa carrière. Nous, on lui disait bien qu'à un mètre cinquante-six tu peux pas espérer de miracle, non plus. Et que tant qu'à rêver aux choses pas faisables, elle aurait dû choisir jockey, plutôt. Mais non, elle racontait qu'elle y arriverait, que c'était son destin, et qu'on allait tous voir.

Aujourd'hui, elle est caissière dans une station-service, à vingt bornes d'ici.

C'est un peu ça que je ne veux pas faire : ranger mes rêves au fond d'un tiroir-caisse, et rendre la monnaie sur tous mes faux espoirs.

Alors je cherche.

Mes copains disent que c'est pour ça que je pars en sucette. Que j'ai qu'à vivre au jour le jour en attendant que l'idée vienne. Qu'un jour, c'est sûr, *je trouverai ma voie*.

Mais pour eux, c'est facile à dire, ils ont tous un truc qui les tient.

Mon ex-copine, Lola, elle joue du piano. Mon frangin, il est sculpteur sur Siporex.

Stef, il fait du jogging, du roller, du judo.

Le Mérou, il est architecte en canettes.

Et moi, j'ai rien.

J'ai vingt-huit ans et rien.

Je déteste le sport, je sais pas dessiner. J'ai bien essayé le piano, moi aussi, mais je ne suis pas manuel, rien à faire ! À part chercher quoi foutre de ma peau, je me dis quelquefois que je suis bon à nibe. Le seul sens que je trouve à ma vie, c'est un sens giratoire. J'avance sans arrêt mais je n'arrive à rien, sauf à me retrouver toujours au même point.

Si un jour je trouve ma voie, ce sera sûrement une impasse.

À ce moment-là, assis tout seul sur le bord du canal, j'aurais voulu m'en foutre et c'est tout. Mais ça s'est mis à me travailler malgré moi.

J'étais là, contre mon platane, à jeter des pierres dans l'eau, le ciel était en train de ranger ses lumières et j'allais pas tarder à me geler les noix, pourtant j'en avais rien à carrer, comme aurait dit le Mérou : mes pensées prenaient toute la place, poussaient les murs du crâne et gonflaient en dedans. Et un vieux truc m'est revenu d'un coup, je ne sais pas pourquoi : je me suis souvenu que quand j'étais petit, j'avais commencé un carnet de voyage.

Un *carnet de voyage* ! Moi qui ne suis jamais allé plus loin que la ville d'à côté, sauf une fois, pour un voyage scolaire super en Italie, en CM2, dix-huit heures de car à l'aller et pareil au retour, ce qui fait quand même assez long à vomir. Je le revoyais, ce carnet. Je dessinais des bestioles inventées que j'avais méchamment pompées sur mes bouquins, surtout un sur les dinosaures, et je prenais des notes, comme les scientifiques. D'y repenser, ça me donnait envie de replonger dans mes croquis mal faits et mon orthographe à l'arrache, qui n'a pas dû beaucoup s'arranger malgré tout. Où je l'avais foutu, ce putain de carnet ? Ma mère l'avait jeté, c'était sûr et certain. C'est la reine du sac-poubelle. Pendant des années, chaque fois qu'elle rentrait dans nos chambres, on flippait à mort, mon frère, ma sœur et moi. On l'appelait Terminator. Quand elle ressortait, c'était l'horreur : plus un calbar qui traîne, plus de chewing-gum collé sous le bord du bureau, pas la moindre BD en vrac sur l'étagère. C'était irradié, nickel chrome, beau comme le désert, vide comme la mort.

Mon carnet, on avait dû le recycler au moins cinquante fois, depuis le temps. Mais va savoir, peut-être qu'il avait échappé à la tornade blanche ? Peut-être qu'il était resté dans la caisse en plastique où je laisse entassées ces merdes inutiles que j'appelle des souvenirs. Ou dans le coffre secret où je planquais mes clopes et les morceaux de beuh que je chourais à mon frangin quand j'avais à peine onze ans. Et plus tard, mes capotes, pour qu'elles restent à l'abri des fouilles. Manque de bol, je les oubliais chaque fois le jour J. Du coup, je pouvais me l'accrocher en bandoulière : les filles voulaient pas. Le sida, soi-disant ! C'était plutôt à cause des spots que j'avais sur la gueule, mais ça, je n'y ai pensé que bien longtemps plus tard.

Ce carnet, c'était sûr qu'il était dans la caisse. Ou le coffre. Ou ailleurs.

Fallait que j'aille voir.

Je me suis arraché du talus, avec l'envie d'aller fouiller ma turne. Et ça faisait longtemps que j'avais pas eu *envie* de faire quelque chose. C'était peu de chose, je sais.

Une quête de nain.

Mais c'était toujours mieux que rien.

Du canal à chez moi, il y en a pour vingt bonnes minutes à pied.

Je suis bien placé pour le savoir : ça fait trois fois qu'on me taxe ma meule, et je n'ai plus un rond pour m'en acheter une autre. Mes parents, ces chacals, ne sont jamais pressés pour voter des crédits. Ils ne font même pas semblant d'avoir pitié de moi.

– T'as qu'à bosser, me dit mon père.

– C'est bon pour toi ! Marcher, ça te fait prendre l'air ! ajoute ma mère.

Prendre l'air, oui, bien sûr !…

Tu parles d'un parcours de santé à la con ! On longe les silos et puis rien, mis à part des clôtures à moitié abattues, des murs en briques défoncés, et les tas de gravats de l'ancienne usine qui fleurissent au printemps, tellement ça fait longtemps qu'on les a laissés là.

Ensuite, un peu plus loin, c'est les nouveaux quartiers. De grosses maisons carrées, toutes les mêmes – sauf la peinture des volets et la couleur des cordes à linge –, posées comme des bouses au milieu de terrains minuscules, avec vue sur les bâtiments du poulailler industriel, la voie ferrée, les champs de betteraves, la nationale et l'entrepôt *Mériaux & Fils - Attention sortie de camions.*

Des fois, je pense aux gamins qui n'ont que ça, pour planter leurs racines. Je me demande à quels jeux ils peuvent s'amuser dans ce décor de guerre ? Et leurs parents, à quoi ils ont pensé, lorsqu'ils ont fait construire *ici* ? C'est la faute à pas cher, la voilà, leur excuse. Mais si c'est pour vivre douze mois par an dans une baraque de merde au milieu d'un décor moisi, c'est payer cher l'économie.

Je le connais bien, ce coin-là : les parents de mon copain Stef y vivent encore, juste au bord de la nationale, dans les premiers lotissements construits. C'était déjà nul à l'époque. Depuis, ça s'est arrangé dans le pire, on a bâti dans tous les sens, vers les entrepôts, la gare de marchandises, le stade, les silos, et tout le long des terrains vagues qui s'échappaient un peu au nord. Ça gagne et ça s'étend pareil qu'un eczéma, de plus en plus pourri.

Dans les nouveaux quartiers, les jardins sont à ras, les pelouses minables. Les jours de barbecue, on partage la fumée des sardines ou celle des merguez. La fête à la maison, ça ouvre l'appétit. Mais quand ça vient de chez les autres, on trouve que ça pue le graillon, la friture, et que c'en est pas tolérable.

Les mercredis où il fait beau, tous les portiques à balançoires grincent. Et ça fait aboyer les chiens, gueuler les mères après les chiens, et pleurer les bébés parce que leur mère gueule.

Je me souviens quand Stef vivait encore chez ses vieux.

Il détestait sa rue et toutes les rues suivantes, bien propres et tirées au cordeau, sans aucune imagination. Un vrai monde de clones, comme dans les films de Tim Burton, mais sans fauteuils en velours rouge, ni baril géant de pop-corn.

– Tu ne sais pas la chance que tu as de vivre à la campagne ! disait son père.

Stef se fendait la gueule.

– La campagne ?! Putain, mais tu l'as vue *où*, la campagne, toi ?!

La seule chose qu'il voyait, c'est qu'il était le seul à vivre à dache et que tous les autres, dont moi, on créchait en plein centre-ville à deux pas du bahut, des bistrots et du parc La Fontaine où on pouvait peloter nos copines tranquille et faire des concours de roulage de pelles.

– Tu verras, tu verras ! disait son père. Tu fais ton mariolle, mais bon... Tu seras bien content, quand tu l'auras, toi aussi, ta maison !

Mais c'était le même homme, le samedi suivant, qui gueulait à s'en faire une attaque qu'il en avait marre de passer ses week-ends à faire des travaux dans cette putain de baraque à la con, où il y avait toujours des merdes à réparer.

Le vent tournait toujours juste après le café, et Stef savait déjà qu'au bout de dix minutes, il se retrouverait au banc des accusés.

– Si Stéphane me filait un coup de main, aussi ! Mais penses-tu ! Un glandeur, même pas foutu de passer la tondeuse, ni de m'aider à finir de poser la terrasse ! Bon à rien, à part foutre les pieds sous la table, ou s'en aller faire son kake au stade. Ce gamin, c'est qu'un parasite !

La mère se fâchait :

– Arrête, c'est ton fils !

– Je l'ai pas fait tout seul ! Et c'est pas une excuse !

– Si tu donnais l'exemple, il serait pas comme ça !

– Quoi, l'exemple ?! *Quel* exemple ?

– Des bras cassés, j'en connais d'autres, y a pas que lui dans la maison !

– Qu'est-ce que tu cherches à dire, là ?

– Je cherche à dire rien : je dis et puis c'est tout ! Pour passer le balai, nettoyer les WC ou refaire les lits, j'ai pas trop vu ton nom sur la liste d'attente.

– Je bosse pas, peut-être ? Et l'entrepôt, c'est rien ? J'y vais pour rigoler ?

– Et moi, je bosse pas, non plus ? Ma journée à Cora, elle compte pour du beurre ? Les frites de midi, elles se sont épluchées toutes seules ? Et la lessive, elle est allée se mettre à la machine et puis s'étendre au fil sans rien me demander ?

Dès le début des hostilités, Stef opérait un repli stratégique : il se taillait par la fenêtre de sa chambre, vu qu'en passant au milieu du séjour il craignait de se faire aligner par un tir de sniper. Ensuite, il coupait par-derrière à travers le grand champ, et quand il se pointait chez moi, il crachait ses poumons et il tirait la gueule.

Je disais, pour la forme, parce que je me doutais qu'il n'y aurait pas de scoop :

– Oh tiens, salut, c'est toi ?! Quoi de neuf ?

Il répondait, par politesse, vu qu'il savait très bien que je savais déjà :

– Mes parents sont encore en train de s'allumer. Tous les week-ends, putain !

On allait acheter de la bière, lui pour se consoler, moi pour le soutenir, puis on revenait la picoler tranquille dans ma chambre en fumant de la beuh, assis sur le bord de la fenêtre pour éviter de laisser des odeurs, jambes passées au travers de la rambarde, pieds dans le vide.

Ça donnait l'impression d'être les rois du monde, de tout voir de si haut. En plus, c'était pratique : depuis notre perchoir, on pouvait balancer les canettes direct dans la benne à ordures, trois étages plus bas.

En fin d'après-midi, quand je sortais pour le raccompagner, ma mère nous disait :

– Je vous trouve petite mine, les garçons ! Ce n'est pas bien, de rester enfermés toute la journée. Vous devriez vous aérer un peu. Surtout toi, mon Stéphane, tu as les yeux tout rouges !

– C'est rien, madame Jallieux, c'est que des allergies…

– Ah ben, si c'est ça, je te plains ! répondait ma mère qui aura passé sa vie le nez dans un mouchoir. Tu es allergique à quoi, mon grand ?

Je répondais pour lui :

– À l'herbe.

Et ma mère, toujours naïve :

– Mon Dieu, tu dois souffrir, avec tous ces gazons, dans ton lotissement ! Tu devrais vivre en ville, comme nous, tu serais plus tranquille.

Stef devenait tout rouge, il se mordait les joues pour ne pas exploser.

Il disait au revoir poliment et dès qu'on était sur le palier, il me ruinait l'épaule à coups de poing, en me gueulant dessus, moitié colère et moitié rire :

– Putain, t'es con ou quoi ?

– Attends, je t'ai sauvé la mise, c'est comme ça que tu me remercies ?

Juste avant les nouveaux quartiers, il y a une zone baptisée « Le Domaine des Rois » – parce que plus c'est merdeux, plus il faut un beau nom – avec toute une batterie de magasins en béton, placo et baies vitrées. Casto - Mac Do - Confo - Ikéa - Kiabi - Carrouf' et tous les autres.

Notre univers à nous. Notre cour de récré. Les seules sorties potables en hiver et en bande, quand ça flotte dehors, que ça grince dedans, qu'on donnerait sa vie pour crever tout de suite, au lieu de s'emmerder comme un troupeau de rats.

Combien de fois on a passé nos journées à traîner au hasard, sous le soleil des spots, dans le monde joyeux des galeries marchandes, avec les mêmes potes et les mêmes questions :

– On se fait un ciné ? Un café ? Un bowling ?

Et le samedi soir :

– On va au Moulin Bleu, au Sun, à la Péniche ?

Le dimanche matin, en se foutant au pieu à cinq plombes du mat', on avait mal au cœur d'avoir bu trop de bières, les poumons colmatés, nicotine et goudron, et la vague impression d'avoir glandé pour rien, mais bon c'était fini, ça irait mieux demain ou, en tout cas, c'est sûr, la semaine prochaine.

Entre les week-ends au point mort, c'était l'agonie au bahut, les profs qui parlaient dans le vide, qui nous criaient dessus pour un oui pour un non – soi-disant qu'on mettait trop souvent le boxon – ou bien qui s'en foutaient. Mais eux, c'étaient les pires.

Le plus dur, c'était pas tellement de faire semblant d'écouter leurs conneries, c'était de rester assis sans bouger de sa chaise pendant six ou huit heures, avec seulement les interclasses et les heures de sport pour dérouiller ses ligaments. Les crampes dans les pieds, les fourmis dans les jambes, et l'envie de shooter dans le premier venu.

Aujourd'hui, tout est loin. Quand je croise des jeunes qui sortent du bahut, je les trouve mal fringués, boutonneux, pas finis, moi qui croyais tellement être adulte, à leur âge.

Je commence à me sentir vieux.

Le Mérou dit que c'est normal parce qu'on a bientôt la trentaine, mais qu'on n'en a rien à foutre, vu qu'au final, la vie, c'est rarement prestigieux.

C'est un mot qu'il aime bien. Il en a deux ou trois de rechange, *prestigieux, aberrant, exaction*. Je me demande s'il sait exactement ce qu'ils veulent dire. Mais, comme de mon côté, je n'en suis pas sûr non plus, du coup, je ne dis rien.

Quand je reviens chez moi en rentrant du canal, je vois toujours un mioche ou deux, dans les lotissements, en train de s'amuser aux petites voitures, dans le vieux tas de sable que leur père a laissé près de la bétonnière. Du sable qui prend l'eau et les merdes de chien. Facile de jouer les chercheurs d'or, pour eux : il suffit de gratter pour trouver des pépites.

C'est bizarre, je les envie quand même un peu, ces gosses. Ils sont capables de rester accroupis des heures au même endroit, à creuser des tunnels et à faire des ponts, à se croire ingénieurs dans les travaux publics. Et s'ils fermaient les yeux, ils entendraient la mer, bercés par le ressac des douze et trente tonnes qui font des va-et-vient devant les entrepôts.

Pourquoi on les plaindrait, ces mouflets, après tout ? Ils ont tous les bonheurs : ils n'ont pas de soucis, il y a toujours quelqu'un pour leur laver le linge et leur faire la bouffe. Toujours quelqu'un pour soigner leurs bobos. Ils vivent « à la campagne », comme dirait le père de Stef. Ils peuvent profiter du parfum d'ammoniaque des chiures de poule, qui vous nique le nez quand le vent vient du nord, du cri de bête qu'on égorge, des trains de marchandises qui freinent au dépôt, et puis *du ciel-si-gris-qu'un-canal-s'est-pendu.*

Quand j'étais petit, mon grand-père écoutait cette chanson en boucle. Je comprenais « avec un ciel si gris qu'un canard s'est pendu », et je trouvais ça très con. Je me disais : « Pourquoi il va pas voir ailleurs, au lieu de se pendre, ce canard ? Il a des ailes, non ? Il est pas obligé de rester là, non plus. Si j'étais un canard, moi, je me barrerais ! »

Je ne suis pas un canard. Je suis resté ici.

Je vis toujours chez mes parents, dans le vieux quartier centre-ville. J'y suis revenu depuis que ma copine Lola m'a largué un matin, pour trois fois rien, une bricole. Je me suis retrouvé à pied et à la rue, vu que c'était elle qui payait le loyer et le crédit de la bagnole, depuis que j'étais au chômage, et ça faisait plutôt lourd à sortir sur son smic. Moi, on m'a licencié quatre fois en cinq ans. Je devrais aller me vendre auprès des syndicats, j'ai du flair pour trouver les usines qui coulent.

J'aime bien ce quartier. Ça sent les beignets du chinois, les frites du camion de frites, et celles des voisins de palier. Et puis le cambouis des moteurs, au garage Paulin, juste en bas de l'immeuble. On respire de l'huile du matin jusqu'au soir. Si le cholestérol ça se chopait par les narines, on serait tous plus confits que des oies.

C'est tout le temps le bordel. On entend les poivrots qui se castagnent au sortir du café ou qui vont dégueuler dans l'impasse aux poubelles ; les jeunes qui jouent avec les nerfs des insomniaques, en passant à fond la caisse à deux heures du matin sur leurs meules trafiquées ; les bébés qui chouinent leur mère. Les clebs qui gueulent pour un rien : la gamelle pas prête, une chienne en chaleur, une porte qui claque. Il y a des rues étroites et du linge aux balcons, à croire que c'est l'Italie, sauf que ça sèche pas, vu que l'air, par ici, est coupé à la flotte.

Pour bien faire, dans la région, on ferait mieux d'avoir des branchies. Un jour, ça nous viendra, c'est sûr, on sera cités en exemple, on aura fait muter l'espèce.

Enfin, c'est moche, OK. Mais c'est vivant.

Et puis on voit si peu le ciel, entre les murs de briques, qu'on finirait par oublier qu'il est presque toujours de la même couleur pas vraiment racontable. On comprend vite, à le regarder, que c'est un ciel sans avenir. Qu'on aura beau attendre et attendre et attendre, il se contentera de son sort et c'est tout, comme un vieux pochard philosophe :

– Ze zuis gris, et alors ? Za dérange – *heubs !* – kinkun ?

Il y a un coup de vent.

Je relève le col de ma veste, les premières gouttes s'écrasent devant moi. D'un seul coup, ça tombe en déluge et ça s'amasse en flaques, pleines de beaux reflets d'huile de toutes les couleurs. M'en fous, j'aime la pluie.

Ça me plaît bien de marcher sous la flotte, et de « lutter contre les éléments », comme dit Stef qui est un vrai poète. Je sais que ça peut sembler idiot, mais ça me donne l'impression d'exister, quand je suis seul dehors et trempé jusqu'aux os.

J'ai bien envie de m'arrêter au Troquet, cinq minutes, boire un coup avec le Mérou.

Et puis non. Il faut faire dérailler le train-train, il est l'heure.

Je n'ai pas vu passer les dix-huit ans qu'il y a eus entre ma sortie de l'école primaire et ce soir. Toutes ces années, ça ne fait qu'une seule et même soupe grise, avec deux trois brins de persil qui sortent ici ou là. Faut que ça change.

À défaut d'avoir un destin, faudrait peut-être au moins que j'aie un avenir.

J'ai fouillé le placard de ma chambre. J'ai retrouvé la boîte. Elle était pleine de tout un tas de conneries, mais pas trace de mon carnet. Pourquoi ça m'a fait comme un manque ? Pourquoi est-ce que j'ai eu l'impression de me faire arracher une dent de lait, d'un seul coup ?

Putain, les dents de lait ! Rien que d'y repenser j'en ai eu des frissons !

Chez moi, quand j'étais petit, on nous les arrachait à la ficelle. S'il y a un truc de taré, c'est celui-là, je vous jure ! Ma mère accrochait la dent qui branlait à un fil, le fil à la poignée d'une porte. Une saloperie de fil chinois, celui qui résiste tellement bien aux tractions que tu peux toujours essayer de le casser entre tes mains : t'as beau forcer comme un âne, tu t'entailles la peau des doigts jusqu'à la pulpe et puis c'est tout.

Le futur édenté se mettait d'un côté du battant, tout tremblant, et mon père de l'autre.

Après, il y avait un rituel à la con. Il fallait toquer à la porte. Le bourreau répondait :

– *Qui est là ?*

Comme s'il ne le savait pas, l'enfoiré !...

Et l'agneau du méchoui – mon frère, ma sœur ou moi, selon – répondait d'une voix constipée :

– C'est moi !

– *À qui voulez-vous parler ?*

On voulait plus parler à personne, on voulait seulement enlever la ficelle, se barrer en courant, et garder cette putain de dent de lait pour toujours dans sa bouche, tant pis si elle battait de l'aile.

Mais le bourreau insistait :

– *À qui voulez-vous parler ?* avec une sale voix sirupeuse.

Alors, tout en faisant la goutte dans le slip, tellement on crevait de trouille, on bêlait :

– Je voudrais parler à la petite souris...

(Enfin, ça donnait plutôt « ze vou'rais 'arler à la 'etite chouris » à cause de la ficelle qui tenait notre dent au collet, plus serrée qu'une main d'étrangleur sur le cou frêle de sa victime.)

Et là, vlan ! Mon père tirait la porte à lui d'un coup sec, en gueulant :

– *Elle est iciii !*

La dent partait d'un coup, brutalement arrachée par l'ouverture de la porte. On la voyait fuser tout droit, avec un petit bout de peau de gencive collé qui flottait joliment derrière, comme un lambeau de ruban rose.

– Alors ?! disait mon père. Tu vois bien que ça fait pas mal !

On secouait la tête avec un beau sourire de héros en train de calancher sur le champ de bataille. Ça pissait le sang, ça cognait dur dans la gencive, mais qu'est-ce qu'on en avait à cirer, franchement ! On s'était comporté en mec, en vrai. Même lorsque c'était ma sœur, on faisait pas dans le détail : elle aussi, elle avait des burnes.

La souris n'avait plus qu'à passer.

La nuit suivante, on l'attendait, à trois, bien décidés à lui faire sa fête.

Mon frère foutait une tapette à l'entrée de la chambre, ma sœur faisait le guet sur le lit du dessus, un gros bouquin bien lourd à portée de la main, moi je mettais du râpé dans une boîte d'allumettes toute badigeonnée de colle en dedans, que je laissais grande ouverte, à côté de la dent placée sous l'oreiller. Comme ça, quand elle viendrait, cette salope de souris, si elle ne se faisait pas niquer par le piège ou écraser comme une merde sous le bouquin lâché par ma sœur, elle entrerait dans la boîte d'allumettes, alléchée comme le renard, elle s'y collerait les pattes, et je la ferais prisonnière, le temps d'aller la jeter au canal.

Ce serait bien fait pour sa gueule.

On faisait notre veillée d'armes en se racontant des histoires d'horreur.

Et puis on s'endormait comme de pauvres nazes.

Le lendemain matin, on se réveillait la tronche plus froissée que nos draps, des auréoles de bave plein la taie d'oreiller. Et celui de nous trois qui avait perdu sa dent trouvait une pièce à la place. Et c'était ça, le plus dur à gober. Non seulement on ne lui avait pas réglé son compte, mais en plus on était débiteur et, du coup, on se doutait bien que la prochaine fois on n'y couperait pas davantage. On recomptait nos dents, ça nous faisait flipper.

Mais comment tu veux expliquer ça à tes potes, plus tard ? Comment tu veux leur dire, sans passer pour un con, que ta plus grande trouille, quand tu étais minot, c'était de voir une de tes dents commencer à branler du manche, parce que ça t'annonçait un vrai film d'horreur : *La Souris des dents. Le retour…*

Sûr qu'il y a des malheurs plus graves, et d'autres façons de souffrir.

Je me marre tout seul en repensant à ça.

Si ma mère me trouve cintré de rire devant la porte de mon placard, elle va froncer le nez, et me faire sa mine des mauvais jours, les jours où j'ai trop picolé, trop fumé, trop les deux.

Elle n'est pas très chiante avec ça, je dois dire, mais il y a des limites à ne pas dépasser, si on veut préserver la paix sociale. Une certaine couleur du blanc d'œil, qui vire au jaune vert un peu veiné de rouge. Une façon d'empâter mes mots, de les écraser en purée entre le palais et la langue, et de parler collant, Mousseline en flocons.

Dans ces cas-là, faut l'entendre râler !...

Elle dit qu'elle n'a pas fabriqué ses gamins pour qu'ils aillent enrichir les patrons de bistrot.

Que si c'était pour ça, ça ne valait pas le coup qu'elle nous élève, parce que bonjour le sacerdoce, les couches et puis les biberons, sans compter les otites, angines et varicelles, et toutes ses nuits blanches, et tous ses cheveux blancs.

À croire qu'on a passé notre enfance à pleurer dans nos lits, et qu'on était crevards.

Elle dit qu'elle ne nous a pas mis au monde pour qu'on meure. Et si je lui réponds qu'en réfléchissant bien, même si c'était pas le but, ce sera quand même un peu le résultat final, ça la fout en colère. Pour pas qu'on meure *avant elle*, voilà !

Et ça dure, et ça dure !

Pourtant je suis presque rangé, maintenant. Rien à voir avec ma jeunesse, quand je buvais tellement que je me réveillais le lendemain matin bourré comme la veille, avec la sensation d'avoir de très gros yeux tout gonflés en dedans, et le crâne aplati juste au niveau des tempes.

D'ailleurs, j'ai fait comme le Mérou, j'ai pris de bonnes résolutions.

Je ne me déchire plus comme avant, je garde ça pour les soirs de fête.

Les soirs de fête se font rares, c'est sûrement que je vieillis.

Retour au poulailler

Marlène dit qu'elle n'en peut plus.

Qu'à force de tirer sur la ficelle, ça va finir par déborder.

Il y a des jours comme ça, où elle soupire à tout bout de champ, où elle fait un bruit infernal. Elle tire les chaises sur les carreaux, elle cogne le balai dans les plinthes, claque les portes des placards, pour un oui, pour un non. Ce sont les jours d'énervement et d'hormones en pelote, à heurter la vaisselle sur l'inox de l'évier, à pousser des jurons et parler toute seule.

Elle dit qu'elle n'aurait jamais dû se marier, jamais ! Pour le plaisir que ça lui rapporte !

– J'étais trop jeune, j'avais pas la maturité ! Mais aussi je sais pas, moi, ma mère, elle aurait pu me conseiller, tu crois pas ?! Elle aurait dû le voir, que j'étais qu'une gamine. C'est le rôle des parents, non, de leur mettre du plomb dans l'aile, à leurs gosses ?!

– Ou bien dans la tête, à défaut.

Marlène se sert un grand bol de café, le boit à petites gorgées, en soufflant dessus parce qu'elle se brûle. Elle continue ses litanies. Elle a besoin de changer d'air, elle voudrait se casser d'ici, vivre un peu, prendre des vacances, et puis voir la montagne.

Tout d'un coup, elle s'arrête et me prend à témoin, les deux poings sur les hanches :

– C'est pas la Lune ou Mars, la montagne, quand même ! C'est pas trop demander comme exigence, si ?!

– Ça fait longtemps que tu n'y es pas allée ?

– Hein ? Mais j'y ai jamais mis les pieds, tu veux dire ! Je l'ai vue rien qu'à la télé et dans les films. Alors des fois, tu vois, je me dis qu'à bientôt 37 ans…

Elle me regarde du coin de l'œil, pour voir si j'ai relevé l'arnaque. Elle a 42 ans tassés, Marlène. Je le sais parce qu'elle avait laissé sa carte d'identité et celle de Bertrand sur la table de la cuisine, l'autre jour, après avoir rempli je ne sais plus quel document officiel. Il a trois ans de plus qu'elle. Mais je ne bronche pas, du coup elle continue d'un ton plus enjoué :

– Si je te dis ce que j'aimerais, tu te fous pas de moi, d'accord ?

– Vas-y.

– Je voudrais prendre les œufs avec Bertrand, pour aller en haut des sommets.

– Ça ne le changerait pas des masses…

– Quoi ?

– … les œufs.

Elle me fait son œil de génisse, elle réfléchit à fond, puis elle rigole enfin.

– Ah oui, les œufs, OK ! Tu dis ça pour l'usine ? Pour les œufs et les poules, c'est ça ?

Je lui fais un clin d'œil.

Elle continue en tapant les coussins, pour enlever les poils du chien.

– Seulement on pourra pas, ah non ! On pourra pas, c'est même pas la peine de rêver ! On n'aura jamais le fric et de toute façon, c'est râpé, avec l'*autre*...

L'autre, c'est Roswell. Je connais par cœur son histoire, aujourd'hui.

La vieille maman toute seule, qui ne voulait pas se séparer de son Gérard, son petit dernier « différent », et qui s'est occupée de lui jusqu'à la fin. Qui l'aimait malgré tout, sûrement plus que tout. Cette vieille maman décédée en sourdine, de maladie, d'usure, il y a bientôt trois ans. Et Bertrand, qui récupère en bloc le salon Henri II, les sous du livret A, et son frangin taré qui rit comme un bébé et qui lui tend les bras, dès qu'il le voit entrer.

Marlène dit que dans la vie, le problème, c'est pas de ne pas avoir de cœur, au contraire : c'est d'en avoir. Bertrand, c'est un sentimental. Pas de chance.

– Parce qu'il aurait pu le placer, son frère, tu crois pas ? On serait bien tranquilles, au moins ! Au lieu que, maintenant, c'est moi qui en profite ! Comme si j'avais que ça à m'occuper ! Et c'est pas pour ce que ça nous rapporte, l'allocation d'handicapé. Il nous coûte ce qu'il nous rentre, ça nous sert de rien, de l'avoir !

Elle dit ça devant Roswell, qui regarde la télé, sa grande serviette nouée autour du cou, avec Tobby calé contre sa cuisse maigre, les babines étalées sur son genou osseux. Il est toujours fourré avec Roswell, ce chien. Dès qu'il le voit, il vient se coller contre lui et ne le lâche plus. Il lui fait des fêtes à la mesure de ses rhumatismes et de son emphysème, mais le trognon de queue frétille, malgré tout.

Certains jours, je vois bien que ça agace Marlène. Un fond de jalousie, sans doute.

Elle veut qu'on la préfère.

Tobby, c'est un affreux bâtard. Il est gras comme une loche, il a le museau court, les pattes arquées, l'arrière-train fuyant d'une hyène, de gros yeux larmoyants, et il pue de la gueule comme c'est pas permis. Mais c'est l'amour fou de Marlène, son vieux chéri de quatorze ans.

Dès qu'il est catarrheux, elle sombre dans l'angoisse.

– Les animaux, tu vois, c'est des bêtes à chagrin. Déjà, quand j'ai perdu mon Rex, j'ai cru pas m'en remettre ! Alors, lui qui est si beau… !

Elle se sert un verre de vin, en donne un à Roswell, qui tend une main tremblotante au jugé, sans quitter l'écran du regard, puis elle se tourne vers moi, le sourcil en accent circonflexe.

Je fais non. Elle n'insiste pas.

– Ce n'est peut-être pas très bon pour lui, tu sais… je dis, en montrant Roswell qui bave rouge sur sa serviette.

Elle hausse les épaules.

– Bah, si ça me fait pas de mal, ça lui en fera pas non plus !…

Je prépare mon casse-croûte, en regardant l'usine à poules par la fenêtre de la cuisine.

Ça pue même esthétiquement.

Quand je reviens prendre mon sac dans le séjour, Marlène est avachie sur le canapé, à écouter les jeux à la télé en grignotant des chips.

Elle a mis sa ceinture sauna amincissante, elle alterne avec le panty.

– Tu sais ce que c'est, toi, la capitale de la Moldavie ?

– Non.

– Ils ont des questions, je te jure ! Déjà, rien que la Moldavie, je savais même pas que ça existait ! En même temps, s'il fallait retenir tous les pays d'Amérique du Sud…

Roswell pique du nez sur son fauteuil, Tobby dort déjà sur ses pieds.

J'ouvre la porte.

– Chisinau ! C'est Chisinau, la capitale ! gueule Marlène, dans mon dos. Je me demande bien qui c'est qui connaît ça !

– Les gens qui vivent en Moldavie.

Dehors le ciel est gris plombé. Le vent souffle, et emporte avec lui la puanteur qui vient du poulailler.

Ça sent l'herbe coupée.

Marlène est revenue à l'attaque.

J'étais en haut, en train de bouquiner un polar, quand je l'ai entendue demander à Bertrand :

– Tu y as repensé, pour mon idée ?

Elle a dit ça avec ce ton mielleux qu'elle prend lorsqu'elle veut obtenir quelque chose.

Sa voix d'attrape-mouches.

Bertrand a grogné :

– *Quelle* idée ?

– Mais tu sais bien, quoi ! Pour Nunuche… Alex sera bientôt plus là, alors je me disais… Enfin, je me demandais si tu avais réfléchi.

– Non, j'ai pas réfléchi. Et puis c'est pas possible.

– Alors ça, j'aimerais bien qu'on m'explique pourquoi ?!

– Parce qu'on peut pas, c'est tout. M'emmerde pas, tu veux ?

Marlène a soupiré. Elle a repris, agacée :

– Ça, c'est toujours pareil ! Quand c'est pas toi qui a les idées, ça va jamais !

– C'est mon frangin, je peux pas faire ça. Et puis j'ai pas envie de finir en cabane !

– Mais, si on le perdait qu'un peu ?

– …

– Et pas la peine de faire tes yeux au ciel comme si je disais des conneries !

– Tu m'excuseras, mais perdre « un peu » Gérard, je vais te dire, je comprends pas trop bien comment tu vois l'affaire !

– Pour les vacances, quoi.

– … ?

– Mais si, regarde : on le perd pas trop loin d'une gendarmerie, on prend une semaine en amoureux, et après on le récupère.

Pour dire « en amoureux », elle a mis du velours dans sa voix, un râle sensuel comme dans *Amour, violence et trahison*.

Bertrand n'a pas dû bien saisir le message érotique, parce qu'il a seulement répondu :

– T'es vraiment cintrée, ma pauvre fille ! Comment t'iras leur dire, aux gendarmes, qu'on a perdu mon frère et qu'au lieu de lancer des avis de recherche, on s'est pris du bon temps ?

Marlène est restée silencieuse un moment.

– On va trouver ! elle a fini par dire.

– Eh ben, c'est ça : tu trouves, et puis on en reparle !

J'ai fermé ma porte. Je me suis allongée sur mon lit, les bras croisés derrière la tête, les yeux perdus dans le blanc fissuré du plafond.

À côté, dans sa chambre, Roswell s'était mis à chanter.

J'ai mis mes écouteurs, et la musique à fond.

Roswell aime chanter.

Chanter, ce n'est pas le mot juste, mais c'est l'intention, en tout cas. Quand ça lui prend, il ferme les yeux, rejette la tête en arrière, retrousse sa lèvre supérieure encore un peu plus haut, et il y va.

C'est rarement un air connu – ou je ne sais pas les reconnaître – et ça sonne assez faux pour une oreille humaine, mais il suffit de le regarder pour comprendre que ça le calme, et que ça le rend même heureux.

Marlène ne supporte pas.

Dès qu'il commence, elle s'enfonce les deux index bien profond dans les écoutilles. Elle se les introduirait jusqu'au tympan, si elle pouvait. Et elle grimace. Une grimace expressive, comme elle sait les faire : les yeux qui roulent dans l'orbite, la bouche qui se froisse, les sourcils qui se touchent. Il faudrait être idiot pour ne pas déchiffrer le message.

Il faudrait être idiot, ou bien être Roswell.

Lui, il prend sûrement ça pour un encouragement, parce qu'il se met à braire à pleins poumons, en se balançant sur sa chaise. Je me demande même s'il n'en rajoute pas, juste pour la faire marronner. Marlène gueule qu'il lui fout la migraine, que c'est une nuisance, et qu'elle n'en peut plus, de sa cacofolie.

– Mais tu vas te taire, ahuri ? Tu vas te taire ? Boucle-la, je te dis !

Roswell essaie de taper des mains. Il s'éclate.

Moi, ça me plaît de le voir faire, même si c'est vrai que c'est insupportable. Ensuite, ça finit toujours brutalement, par un silence, ou un éclat de rire.

Et Marlène soupire :

– Eh ben, c'est pas trop tôt !

Elle me prend à témoin :

– Me dis pas, c'est une vraie casserole ! Comment tu fais pour pas craquer, toi ?

Certains soirs, on la sent simplement énervée. Certains soirs, il y a de la haine. Elle a des remontées de fiel qui la remplissent d'un seul coup, ça fait comme un trop-plein d'égout qui déborderait du regard.

Ces soirs-là, Roswell fait ses yeux d'orphelin, la petite lumière qui tremble au fond de la pupille. Il me demande, à moi, et seulement à moi :

– Asschhante hien ? Hein ?

– Mais oui, tu chantes bien !

Roswell se détend, *Ssschhuper !* Et il se marre.

Je lui fais un clin d'œil. Il ferme les deux yeux.

Marlène ricane.

– Vaut mieux voir ça que d'être sourd ! elle dit.

Et elle s'en va en haussant les épaules.

C'est la routine.

Sur le côté de la maison de Bertrand et Marlène, il y a un appentis à moitié démoli, couvert d'un toit en éverite. Un ancien atelier de je ne sais pas quoi, dans lequel il y a tout un tas de roupilles qui feraient le bonheur d'un revendeur de puces.

J'aime bien farfouiller, et plus c'est bric-à-brac et plus ça me fascine. Je ne cherche rien de spécial, rien de particulier, je laisse toujours place aux fortunes de mer. Dans tout le bordel entassé là, je suis tombée par hasard, un matin, sur une espèce de vieux chariot trolley. Un truc solide et encombrant qui avait dû être fabriqué à la main par un ferronnier sous acide. Quatre roues de trottinette en caoutchouc, pivotantes, montées sous un plateau en agglo bien épais et bien large, peint en jaune orangé et en vert épinard. Le tout tiré par un timon articulé en tube acier laqué rouge pétard.

À quoi ça pouvait bien servir à l'origine, je n'en saurai jamais rien, ça n'a pas d'importance. Je l'ai vu sans le voir vraiment.

Il m'a tapé dans l'œil, c'est tout, à cause de ses airs de jouet, je suppose. Mais je m'en suis souvenu un soir, en rentrant du travail.

Dans le séjour, il y avait Roswell, tout seul, debout près de la fenêtre. Marlène devait faire des courses, sa voiture n'était pas là. Elle ne l'emmène jamais, lorsqu'elle y va.

– Qu'est-ce que j'irais m'encombrer de çui-là, tu peux me dire ? Il est bien où il est. Et ce serait encore mieux s'il était nulle part.

Roswell était appuyé contre le coin du buffet, prêt à tomber comme toujours, mais il tenait quand même, et il se remplissait les yeux de la vue du dehors. Autrement dit, de rien.

Parce que, de la fenêtre, on ne voit que la terre grise, les corbeaux noirs, les arbres qui bordent le canal et puis, plus loin, les bâtiments, les entrepôts *Mérieux et fils*, les pylônes, et les premiers lotissements.

Mais lui, il avait l'air hypnotisé par toute cette étendue de vide et de friches boueuses.

Je me suis approchée à le toucher, à peine, pour ne pas lui faire perdre l'équilibre.

J'ai appuyé doucement mon épaule contre la sienne, toute osseuse sous le grand pull, sans chair et sans chaleur, et puis j'ai regardé, comme lui, un moment.

Enfin j'ai demandé :

– À quoi tu penses ?

Il n'a pas bougé la tête, il a murmuré :

– Schhé ssscholi.

– Tu trouves ça joli, toi ?!

– Hhhui.

– Mais quoi ? Qu'est-ce que tu trouves joli ?

Dans son langage de Roswell, il a postillonné :

– *Arbre-couleur-d'oi-seau-je-n'ai-plus-peur-des-plai-nes…*

J'ai souri.

– Encore un poème, c'est ça ? j'ai dit.

Il a cligné des yeux, puis a continué, à peine compréhensible :

– … *je-pour-rai-m'envoler-par-de-là-le-ciel-noir…*

Et Roswell, tout à coup, c'était un grand oiseau en cage. Un oiseau maigre et maladroit, avec des ailes trop tordues pour voler.

Alors j'ai dit, sans réfléchir :

– À ma prochaine pause, je t'emmène balader, s'il ne pleut pas, OK ?

Il ne m'a même pas regardée, il a seulement étiré sa bouche en coin, pour répondre :

– Oké-sschef !

Lorsque, deux ou trois jours plus tard, j'ai annoncé à Marlène que j'avais décidé d'aller promener Roswell, elle a répété, égarée :

– Le pro-me-ner ?

– Oui.

– Tu veux *promener* Neuneu ?!

– Oui.

– Ben ? … Pour quoi faire ?

– Pour rien, pour le sortir. Lui faire prendre l'air.

– Et tu veux aller où ?

– Au canal.

Je sentais bien que ça l'enquiquinait, et je savais pourquoi. Elle ne tenait pas trop à ce qu'on remarque Gérard, dans le coin, vu qu'elle avait décidé de le perdre. Alors, si je commençais à me balader avec lui, on finirait bien par le remarquer, un jour ou l'autre. Il n'est pas du genre à passer inaperçu, c'est certain. Je comprenais son angoisse.

En même temps, les premiers voisins sont à perte de vue, comme elle dit. Les maisons les plus proches sont de l'autre côté de l'usine ou vers la nationale. Personne à l'horizon, sur les bords du canal.

Je la voyais réfléchir. Elle devait se dire que si elle m'interdisait de sortir le Gérard, ça me semblerait louche. Qu'il valait mieux laisser faire les choses, ne pas trop s'en mêler.

Elle m'a fait son sourire franc de voleur à la tire.

– Mais comment tu vas faire, pour l'emmener promener ? T'as remarqué qu'il ne tient pas sur ses guiboles, oui ?!

Puis, comme si l'idée lui venait brusquement, elle a continué, d'un ton plus sec :

– Tu comptais pas me prendre la Renault, par hasard ? Parce que si c'est le cas, c'est non, je te le dis tout net !

– On n'y va pas en voiture.

– Ben, je vois pas, alors.

– Moi si. J'ai mon idée.

Marlène a haussé les épaules.

– Bah, tant que tu me le fais pas rentrer couvert de pisse ou autre, tu peux bien l'emmener à dache, ça me rendra pas nostalgique !

Mais comme je sortais, je l'ai entendue ajouter à mi-voix :

– N'empêche, je vois pas comment.

Mon jour d'arrêt suivant, j'ai passé la matinée dans l'appentis, à bricoler un système avec du fil de fer gainé récupéré sur un vieil étendoir à linge et une bâche en plastique transparent. Je voulais fabriquer une sorte de capote repliable, pour protéger Roswell, au cas où il se mettrait à pleuvoir. Par ici, le temps est changeant, il fait beau plusieurs fois par jour.

J'ai cloué un vieux coussin de transat plié en deux sur le plateau en agglo, pour le molletonner un peu. Puis j'ai garé le transpalette amélioré devant l'entrée de la maison, et je suis montée chercher Roswell dans sa chambre. Il était installé dans son fauteuil, près de la fenêtre. Marlène ne le fait pas descendre tous les jours, ça dépend de ce qu'elle a à faire, et du degré de sa mauvaise humeur.

– Allez hop, on s'habille ! j'ai dit.

Je lui ai fait mettre un gros pull, une écharpe, des moufles.

Il s'est laissé faire, en rigolant, comme toujours.

J'ai ajouté :

– C'est le grand jour, aujourd'hui ! On va se promener !

Il s'est arrêté de rire, aussi sec, et puis il m'a fixée avec un drôle de mélange dans le regard : de l'étonnement et de l'inquiétude, aussi.

Je sentais que sa crainte, ce n'était pas de partir avec moi, c'était juste d'être déçu. Que ce ne soit qu'une mauvaise blague. Que je lui dise, une fois habillé :

– C'était pour rigoler, imbécile ! Tu restes là, évidemment !

Pourtant, dans ses yeux, il y avait encore et malgré tout cette confiance d'épagneul que je déteste, parce que je me sens responsable de lui et que je ne veux pas, mais je crois que c'est un peu tard. J'ai passé trop de mon temps libre à lui lire des histoires, à décoder ses poèmes du soir, à trafiquer ce chariot pour le lui changer en carrosse, alors pas la peine de me raconter des histoires : j'aime bien Roswell, tant pis pour moi.

Ça m'emmerde, mais c'est comme ça.

Quand on est enfin arrivés en bas, marche après marche, Roswell emmitouflé comme pour le Grand Nord, blouson fermé jusqu'en haut du cou, écharpe nouée derrière la tête, bonnet au ras des sourcils et capuche rabattue par-dessus, Marlène était sortie sur le pas de la porte. Elle regardait le chariot d'un air dubitatif, les bras croisés, les pieds bien écartés, bien plantés dans le sol.

– Où est-ce que t'as dégoté cet encaistre ?

– Dans l'appentis.

– Et tu comptes aller balader l'autre andouille avec ça ?

– Oui. Je voudrais l'amener au canal, je t'ai dit.

– Eh ben, vous êtes pas rendus !

– Ce n'est pas grave, on n'a pas rendez-vous.

Elle a failli ajouter quelque chose.

Je lui ai tourné le dos, et j'ai aidé Roswell à s'installer. Ce n'était pas facile, parce qu'il devait s'accroupir assez bas pour arriver à poser ses fesses osseuses sur le plateau. Vu le peu de muscles qu'il possède et le peu d'usage qu'il en a, il se laissait aller et je le portais presque totalement. Et comme dirait Marlène, « il a beau être maigre, il pèse un âne mort ».

Elle, elle me regardait m'escrimer, sans rien faire. À son sourire vague et à son air mauvais, je voyais qu'elle avait entamé la journée de bonne heure.

Enfin, lorsque Roswell a été arrangé à peu près correctement, j'ai rabattu sur ses genoux sa couverture verte et marron, et je lui ai demandé :

– Ça va, tu es bien assis, dans ta Rolls ?

– Ssschhuper !

– On peut y aller, OK ? C'est bon ?

– Oké-sschef !

J'ai poussé le chariot sur les graviers de la cour. Ça s'enfonçait un peu et c'était dur à manœuvrer, mais comme je sentais le regard de Marlène planté entre mes omoplates, j'ai mis un point d'honneur à ne pas m'arrêter.

Après le portail, tout est devenu plus facile, le chemin était plat, avec du vieux goudron.

Au bout de trente mètres, j'ai entendu Marlène gueuler dans notre dos :

– Tu peux le noyer, tu sais, moi je t'en voudrais pas !

Roswell a éclaté de rire.

Pour atteindre le chemin qui longe le canal, il y a presque deux cents mètres.

Le chariot ne roulait pas trop mal, même s'il était lourd et pas vraiment maniable. Je me sentais un peu ridicule, quand même, derrière cet engin de foire, avec Roswell assis en tailleur, enveloppé comme un vieux Sioux dans sa couverture en polaire, qui bramait des *Ssschhhuuuper !* à gorge déployée pour bien montrer sa joie, toutes les trois minutes. Les roues étaient assez épaisses pour amortir les chocs, mais Roswell se tassait quand même, de plus en plus, d'un cahot l'autre. J'avais mal calculé mon affaire. Avec un coussin dans le dos et deux autres pour accoudoirs, il aurait été mieux. Tout d'un coup, au croisement qui mène au chemin de halage, comme ça descendait plus raide, Roswell s'est affaissé complètement sur le côté. Je me suis arrêtée aussitôt, avant de le perdre en route. Il avait la figure écrasée entre les genoux, et un bras qui traînait dans l'herbe.

– Ça va ? j'ai dit.

Il a grogné un truc pas clair, quelque chose comme *Grmmff mmfff ppffff !*

Quand je l'ai soulevé sous les aisselles pour le réinstaller, il était mort de rire. Il se mangeait toute la main, tellement il était content. Certains petits sucent leur pouce, Roswell, lui, il se carre quatre doigts dans le bec – tous sauf le pouce, justement – et il se tète jusqu'à la paume. Ça le fait baver à un point, on croirait qu'il mousse !

Je me suis marrée aussi, devant son air béat et ses doigts pleins de salive.

– Eh ben, au moins, tu aimes ça, la balade !

– Ooooh hhui ! Sssschhhé *Ssschhuper !*

J'ai ajouté :

– On continue, alors?

Il m'a postillonné :

– Ah ssscha, ssschh'é ssschhhûr !

J'ai essuyé les bavouillures, réajusté la cagoule qui avait tourné et lui cachait un œil presque en entier, j'ai refermé la couverture autour de lui, et on s'est enfin mis à longer le canal.

Le ciel était d'un bleu timide. Ça caillait un peu, mais pas trop.

On a roulé tranquillement, Roswell et moi. Je l'entendais renifler toutes les deux minutes, je me suis arrêtée pour lui essuyer le nez, parce qu'il était morveux. Il souriait de toutes ses gencives, il avait les yeux pleins de larmes à cause de l'air froid.

Il est comme les orchidées, il vit dans une serre, il ne ressemble à rien de connu. On peut éventuellement l'aimer, si on aime ce qui est bizarre.

Il m'a éternué dessus au moment où j'allais rabattre la capote. J'ai râlé, je lui ai dit qu'il était dégueulasse, pire qu'un petit, et pire qu'un clébard. Il s'est marré, en me voyant faire semblant de m'essuyer la figure. Il aura beaucoup rigolé, dans sa vie.

– Ça va pour toi ? La vie est belle ?

– Ssschhava-ssschhhava !

– Bon, tu as gagné un tour gratuit, alors ! On continue !

On avançait sur le petit chemin de la berge, et c'était pile poil assez large pour faire rouler ma poussette sans risquer de tomber à la baille. Je savais que plus loin, ça commencerait à s'élargir un peu. Les roues ne faisaient plus de bruit, sur l'herbe. Les canards et les poules d'eau menaient leur vie sans rien demander à personne, et le héron cendré qui squatte par ici se posait par moments dans les bouquets d'ajoncs.

Roswell avait adopté son rythme de croisière, il chantait à tue-tête et copieusement faux. J'ai regretté un moment de ne pas avoir pris mon baladeur, ça m'aurait évité le concert. En même temps, ça mettait une ambiance.

Je me suis mise à penser aux promenades avec mes parents et mes frères, dans la forêt à côté de chez moi. Ça sentait la terre, l'humus, une vague odeur de champignons, de pourri, de résine. Dès qu'on avait atteint notre clairière, toujours la même, nos parents sortaient le grand plaid à pique-nique, la radio, le panier.

Ma mère s'allongeait en soupirant : « On n'est pas bien ici ? »

Notre père se couchait en travers d'elle, la tête sur son ventre, et disait : « Allez jouer, les gosses ! Lâchez-nous les baskets, et n'allez pas trop loin ! »

Mes trois frères et moi, on se barrait en courant, tous derrière Thomas, l'aîné, qui était le chef. On avait l'impression de galoper longtemps, de partir très loin des parents, de courir de vrais risques. Peut-être qu'on allait se perdre ? Qu'il faudrait envoyer la police pour nous retrouver dans les bois ? Peut-être que, finalement, on ne nous retrouverait que dans dix ou quinze ans, quand on serait devenus des sauvages ?

On faisait deux bandes rivales, les grands contre les petits. Et les petits, dont je faisais partie, perdaient toujours, évidemment. On avait beau gueuler, s'envoyer des signaux, faire craquer les branches, il y avait quand même du silence. Un silence plus grand que nous, si grand qu'il absorbait nos hurlements, les noyait dans la ouate, alors qu'en ville ils se seraient ajoutés à tout le vacarme ambiant, les klaxons, les coups de frein, les musiques, le reste.

Je crois qu'on poussait des cris encore plus perçants parce qu'il n'y avait que nous, et qu'on se sentait libres. Libres, trouillards, heureux. On avait l'impression d'être tout seuls au monde, on était des pionniers, les découvreurs d'une région sauvage et – c'était sûr – bientôt on allait voir des loups ! On se faisait des cabanes. De temps en temps, mon père nous aidait, il attachait deux ou trois branches entre elles avec de la ficelle, il rapportait des planches et plantait quelques clous. Nous, on vivait des aventures extrêmes. Et même quand on se disputait, qu'on se bagarrait à mort et qu'on rentrait couverts d'égratignures, c'étaient de bons moments, on avait bien joué. Il nous tardait déjà la semaine suivante.

Je repensais à tout ça en poussant mon landau, pendant que Roswell tapait sur le rebord du chariot, pour faire les percussions en rythme avec sa voix, autant dire mission impossible.

Et soudain il a fait :

– Alekschh ?

– Oui ? Qu'est-ce que tu veux ?

– Hi'y'a des zj'hhens !

– Des gens ? Où ça ?

Là-bas.

Je savais qu'en allant dans cette direction, je tomberais peut-être sur les deux types que je voyais d'habitude. Mais si j'étais partie du côté opposé, au bout de trente mètres, on se serait retrouvés à la route – goudron, bagnoles et compagnie – et je n'y tenais pas du tout.

Alors je me suis dit que je suivrais mon trajet habituel, qu'on verrait bien, que je m'en foutais un peu du jugement des autres.

Je m'arrêterais à l'écluse et puis je reviendrais par le même chemin.

Ils sont toujours au même endroit. À croire qu'ils habitent là.

Un grand brun mince, aux cheveux longs, assis à ne rien faire, le dos calé contre un platane, le regard dans le vague. Et une espèce de gros lourd qui me balance des canettes vides en me gueulant dessus dès qu'il me voit passer, comme s'il espérait me faire peur ou m'atteindre. Je ne sais pas si c'est le climat ou l'alcool, ou s'ils se reproduisent entre eux, mais c'est impressionnant le nombre de gens qui ont l'air mal usinés, par ici.

Ces deux-là, ils ont la trentaine. Qu'est-ce qu'ils peuvent bien faire au bord de l'eau, pendant des heures ? Le coin serait joli, encore ! Même pas.

Ceci dit, c'est moins moche qu'ailleurs, et c'est déjà pas mal.

Quand je passe, je les ignore. Un simple coup d'œil rapide, de temps en temps, c'est tout. Ils ont beau être de l'autre côté du canal, ce ne serait pas compliqué pour eux de traverser plus loin, à l'écluse, où je traverse aussi, quelquefois, et de venir me chercher des embrouilles.

Je me méfie.

Comme d'habitude, ils étaient à leur poste. Le gros buvait sa bière. L'autre, assis contre son arbre, faisait des ricochets au milieu du canal.

Mais les deux types que Roswell venait de me montrer, ce n'étaient pas ceux-là. C'en était deux autres, qui se tenaient du même côté du canal que nous, à trente mètres droit devant, sous le pont. Deux jeunes étiquetés racailles.

Je les renifle à trois kilomètres, et je me trompe rarement.

Je me suis dit que c'était un mauvais plan d'avoir à passer devant eux. Seulement, je ne pouvais pas faire demi-tour, impossible, et de toute façon ils avaient dû nous entendre venir depuis un bon moment, grâce au tour de chant de Roswell.

J'ai rabattu la couverture sur sa tête, et j'ai abaissé la capote. Roswell m'a regardée.

– Tu ne bouges pas, j'ai dit. On va faire un jeu.

Celui des deux qui nous faisait face nous a désignés de l'index à son pote. L'autre s'est retourné, il a mis la main en visière, comme un soldat qui guette l'ennemi. Ils ont échangé quelque chose, vite fait, de la main à la main. Ils devaient être en plein trafic de dope. Je m'en foutais complètement. Je me demandais seulement comment on allait pouvoir passer devant eux, sans récolter d'emmerdes.

Et c'était mal parti : le plus petit se dirigeait déjà vers nous, en roulant des épaules, les poings poussés à bloc au fond des poches de son sweat, casquette retournée, visière dans la nuque.

L'autre lui a emboîté le pas, tranquille, nonchalant.

Roswell se marrait sous sa bâche. Il devait lui tarder de commencer à jouer. Je me suis penchée vers lui, pour lui expliquer ce qu'il allait devoir faire, et puis j'ai murmuré :

– Ne fais pas de bruit, OK ?

J'ai entendu une voix étouffée rigoler :

– Oké-sschef !

Arrivé à sept ou huit mètres, l'avorton a gueulé, d'une voix éraillée, en s'adressant à l'autre :

– Vise un peu la meule ! C'est une Yam', tu crois ?

L'autre a ri bêtement. Ils se sont rapprochés. Je ne les intéressais pas. Ils étaient seulement fascinés par le trolley, et par ce qui était posé dessus.

Je crois bien qu'à cet instant-là, ils n'avaient pas encore compris de quoi il s'agissait.

Ils sont venus se planter devant nous, à deux mètres, pas plus. Le petit s'est penché en avant, il tentait de regarder sous la bâche en plastique, qui tremblotait un peu parce que Roswell pouffait.

Sans me regarder, il a fait :

– Putain, c'est gros ! C'est quoi ? C'est un clébard ?

Son pote a dit :

– Non, un singe, on dirait !

Le nain de jardin a levé sur moi un œil bleu délavé, sans aucune expression.

– C'est un singe ? C'est vrai ?

Je n'ai pas eu le temps de répondre, il s'est avancé, il a saisi la capote à deux mains, et l'a relevée tout d'un coup.

Roswell a crié *Ouaahhh !*

L'autre s'est jeté en arrière en gueulant :

– Oh putain !

Tellement fort qu'il y a eu un écho de l'autre côté du canal.

Il a continué :

– Putain, c'est quoi, ce monstre ?!

Et le plus grand a fait, d'une voix un peu blanche :

– Oh merde ! C'est un mec !

J'avais beau être derrière la poussette, j'imaginais très bien la vision qu'ils avaient : Roswell, plié de rire, en train de mousser sur ses doigts, sa bouche immense grande ouverte, ses dents de cheval en avant, et tout son corps vrillé comme du bois gauchi.

– C'est un *vrai* mec ? m'a demandé l'avorton, incrédule, sans pouvoir détacher son regard du trolley et de son chargement.

– Oui, j'ai dit. Et fais gaffe, il est contagieux !

Une vague lueur de doute est passée dans leurs yeux.

Ils devaient se demander si je ne les prenais pas pour des cons, par hasard. Ils ont hésité, pas bien longtemps quand même, et puis ils sont repartis à reculons, sans cesser de mater Roswell. Au bout de quelques mètres, ils ont fait demi-tour et se sont éloignés à grandes enjambées. Plus loin, je les ai entendus rire.

J'ai arrangé Roswell, qui se marrait toujours.

– Sssschh'était hhien, hein ?

– Oui, j'ai dit. C'était bien. C'était un super-jeu.

Les deux types d'en face n'avaient pas bougé d'un centimètre. Ils se croyaient au spectacle, sûrement. On se serait fait jeter à la flotte, ils n'auraient pas bronché non plus.

Seul changement dans les habitudes, pour une fois le gros n'a pas aboyé, il ne m'a pas jeté une seule canette. Ça m'a presque manqué.

Roswell et moi, on a continué jusqu'à l'écluse.

Je me foutais des canards et des poules. J'aurais vu atterrir un pingouin, ça ne m'aurait fait ni chaud ni froid. Je me sentais en colère.

Roswell chantait toujours.

Je me suis dit : Ça lui passe vraiment au-dessus de la tête, il pige rien, c'est clair !

On a fait demi-tour, on est repassé sous le pont, on a revu les deux pantins de l'autre côte de la berge, l'aboyeur et son copain triste.

Et puis, juste avant de quitter le sentier de halage et de reprendre le chemin qui revenait à la maison, Roswell m'a appelée :

– Alekschh ?

– Oui ?

– Sssché h'rai ?

– C'est vrai quoi ?

– Ke zje sschuis un hhonsskre ?

Je me suis arrêtée, je suis venue m'accroupir devant lui. Il avait trempé de salive son écharpe et le col de sa parka. Je l'ai regardé, j'ai dit :

– Tu es de loin le plus beau monstre que je connaisse, et en plus, tu es mon préféré ! Tu as vu comme tu leur as fait peur ?!

Il a mis ses mains en avant, il a fait *Grrrrr !*

Il s'est marré.

Je me suis dit que j'étais lâche de prendre ça à la blague, parce qu'il est monstrueux, c'est vrai. Mais qu'est-ce que j'aurais pu répondre ?

Et puis je le trouve de moins en moins moche, pour tout dire.

L'habitude amortit les chocs. Les beaux deviennent ordinaires. On finit par se demander pourquoi on les trouvait tellement magnifiques, craquants, et à tomber par terre.

Et les vilains gagnent à être revus.

Seulement, pour ceux qui sont comme Roswell, ceux qui sont réellement affreux, c'est plus compliqué, je crois bien. Il faudrait oublier ce qu'ils montrent, pour pouvoir découvrir ce qu'ils cachent. Très vite, il faudrait l'oublier.

Roswell est un monstre. C'est vrai.

Il est d'une laideur parfaite. Il n'y a rien en lui qui ne soit pas raté, déformé, effrayant, ridicule. Rien sauf son regard de chiot, d'une douceur pas racontable. Sauf son rire éclatant, plein de vie et d'humour.

Mais ce rien, ça suffit pour réveiller des choses, des sentiments que je ne comprends pas, l'envie de lui étirer un peu les ailes, même si c'est de force. L'envie de l'écouter, le soir.

De l'emmener promener jusqu'au bord du canal. Tant pis pour ces deux cons, ces pauvres imbéciles qui iront raconter la rencontre, ce soir, à leurs potes, au bistrot.

Et qui en remettront des couches : Putain, un chimpanzé, un vrai singe, on vous dit !

On en croisera d'autres, qui se mettront à rire en regardant Roswell.

Les monstres, ce sont eux.

Voix sur berges

Le Mérou était assis sur le bord du talus, à son emplacement de parking réservé, qu'on reconnaît facilement aux herbes écrasées sous le poids de ses fesses. Des herbes déprimées, qui renoncent à pousser même si c'est le printemps.

Il avait son carnet posé sur ses genoux, et il faisait ses comptes. Une canette : un trait.

Un, deux, trois, quatre traits... Et arrivé à cinq : une barre en travers.

Il a décidé de les additionner au fur et à mesure pour savoir le total, quand son barrage sera enfin fini. Pour pouvoir en parler à ses petits-enfants. C'est son chef-d'œuvre, comme il dit. Sa cathédrale.

À un moment, un oiseau s'est envolé des joncs, sans prévenir, dans un grand boucan d'ailes.

Le Mérou a jeté un œil, ça l'a déconcentré et je l'ai entendu râler entre ses dents.

– Putain, c'est pas vrai, merde ! J'en étais où, putain ?!

Et soudain il a fait :

– Oh ?! Vise !

Vu le ton de sa voix, j'ai relevé la tête.

Quand le Mérou s'étonne, c'est suffisamment rare pour être intéressant.

De l'autre côté du canal, encore loin, j'ai vu rappliquer ce jeune à l'air bizarre, qui marche toujours à grands pas et penché vers l'avant, comme s'il était pris de colique et qu'il se cherchait un buisson en urgence. Aujourd'hui, il n'allait pas bien vite, au contraire. Il poussait un drôle d'engin de toutes les couleurs, devant lui. Une sorte de landau super-bas avec une capote transparente, sous laquelle il y avait quelque chose.

Mais, de là où j'étais, je ne voyais pas quoi.

J'ai dit :

– Qu'est-ce qu'il trimballe, dans son caddie ?

Le Mérou a reniflé, il a fait :

– Mmfff… J'en sais rien. Mais ça bouge, en tout cas.

Presque en face de nous, sous le pont, il y avait deux branleurs en plein trafic de taz.

Je les ai déjà vus traîner dans les environs, il va falloir qu'on intervienne, le Mérou et moi. On a déjà assez de pollution, avec son barrage en canettes, on ne va pas se fader en plus toute la lie de la ZUP nord.

Je n'ai rien contre ceux qui cherchent un peu de rêve. Moi-même, sans ma chicha, je n'irais pas bien fort, certains jours, je le sais. Le fond de l'air manquerait d'oxygène. Mais ces trucs à la con qui font des yeux de mort tout bordés de jambon avarié, non merci. Et les dealers, ça me débecte. Rien à battre, de dézinguer des petits jeunes, de laisser des zombies, des légumes, après eux. Du moment que ça gagne ! Plus ça va, plus je les vois traîner dans le secteur, ces fumiers. Travailler plus pour gagner plus, ils ont bien compris la devise ! Je les connais, ces enfoirés. Deux neurones qui se baladent : un pour être méchant, et un pour être con.

Rien qu'à les voir je file de la soie comme un vrai Spiderman, je me sens pousser des ailes en kevlar, j'ai des bouffées de super-héros qui me remontent.

Si je m'écoutais – et si j'avais des muscles –, j'irais leur exploser la gueule, à ces connards.

J'ai vu le jeune marcher tout droit vers eux en poussant sa charrette.

Je me suis dit : Ah ouais, OK. D'accord. C'est donc ça, sa dégaine de fantôme à la bourre : c'est juste un toxico qui vient chercher sa dope, comme un âne son foin. Ou alors un grossiste ? Peut-être que son chariot est plein de munitions ?

Un des jeunes lui a fait un signe, ils se sont dirigés vers lui. Ils avaient un rancard, c'était clair. J'avais mis dans le mille.

L'anorexique s'est arrêté, il s'est penché vers la bâche en plastique, j'ai eu l'impression qu'il parlait. Soit il causait tout seul, soit c'était à son chien. Sûrement un doberman, ou un truc de ce genre, car ça prenait toute la place. Il l'avait enveloppé dans un plaid. Ça devait être un frileux, un clébard à poil ras.

Les deux raclures ont crié quelque chose. Le plus petit s'est rapproché du jeune, l'autre racaille est restée en arrière, il a balancé une vanne, j'ai entendu *singe*. Le premier a posé une question, et il a répété le mot. J'ai pensé que c'était le surnom du jeune. « *Le singe* ».

Ensuite, ça s'est joué très vite. Le petit a viré la bâche d'un seul coup. La bestiole, dessous, a poussé un cri bizarre.

Le nain a fait un bond, il a gueulé :

– Oh putain !

J'ai pas compris ce qu'il a ajouté, parce que le Mérou criait *Putain ?!* en même temps.

Ça m'a fait une interférence.

Sous la bâche, on aurait dit un être humain, mais pas vraiment humain quand même. Il était à moitié caché par sa couverture, et je préférais ne pas voir ce qu'il y avait dessous. On avait beau être de l'autre côté du canal, le peu qu'on en voyait foutait déjà la gerbe. Une grosse tête cabossée, une barbe mal taillée et une bouche immense, des bras maigres, des mains tordues.

– C'est quoi, ce film ? a fait le Mérou, l'air scié.

– C'est pas un film, j'ai dit. C'est un documentaire.

Les deux abrutis se sont barrés tout de suite. Ils avaient beau rouler des mécaniques, faire semblant de bien s'être marrés, parler fort, cracher loin, se taper sur l'épaule, ils avaient eu la trouille, en découvrant ce mec.

Une fois les clowns partis, j'ai observé le jeune. Il aidait le type à s'asseoir un peu mieux. Je l'ai vu lui parler, lui arranger sa couverture.

Qui ça pouvait bien être ? Son grand frère ? Il s'en occupait, en tout cas.

C'était peut-être pas un drogué, finalement. Pas forcément non plus un ado dévarié qui userait ses pompes sur le bord du canal. Ou alors, s'il venait traîner là, c'était pour se changer les idées, parce qu'il avait des choses à oublier, sans doute. Et vu ce que j'avais sous les yeux à ce moment précis, j'imaginais bien quoi.

Il est passé lentement, en poussant son chariot, sur la berge d'en face.

Le Mérou n'a pas aboyé, ni gueulé « Chope la baballe ! ». Il n'a pas bombardé le gamin de canettes, il l'a seulement suivi de l'œil, en silence, pendant qu'il s'éloignait. Ensuite il a repris son carnet, son stylo, et s'est remis à faire sa compta, le jour, la semaine, le mois.

Le fantôme et son chargement sont allés rouler leurs carcasses jusqu'à l'écluse pour faire demi-tour, vu qu'un quart d'heure après ils étaient de retour. La capote était relevée, je distinguais vaguement le bonhomme têtard, enroulé dans son plaid.

Comme d'habitude, le jeune n'a pas tourné la tête dans notre direction.

À croire qu'on sent le gaz.

Le Mérou avait enfin terminé ses calculs – six cent soixante-dix-huit plus cinq égale...

Il m'a donné le total, d'un ton neutre, mais je sentais quand même des accents de fierté :

– Six cent quatre-vingt-trois.

J'ai applaudi, j'ai dit :

– Un petit pas pour toi, un grand pour ton cancer du foie.

– Merde, t'es négatif, tu sais ?! T'es pas sensible à l'art.

– Ah, parce que c'est de l'art ?

– Je comprends même pas que tu poses la question. Évidemment que c'est de l'art, t'es naze ou quoi ? Tu vois pas que c'est un concept ?

Il a reniflé en remontant son falzar.

J'ai senti que je l'avais vexé, c'était con de ma part, alors j'ai dit :

– Bon, alors, dans ce cas… C'est juste que ça craint pour ta santé, tu vois ?

Il s'est fendu la gueule.

– T'as peur de quoi ? Que je me tue au travail ?

Je me suis marré aussi.

Qu'est-ce qu'on peut faire d'autre ?

On est restés tous les deux sans rien dire, assis au bord de l'eau, le Mérou et son concept, moi et ma dépression. Ensuite, vu qu'on avait rendez-vous avec des potes en ville, vers six heures, on s'est arrachés du talus.

Parfois je me demande pourquoi le Mérou passe autant de temps avec moi.

Et parfois c'est l'inverse.

Pourquoi est-ce je perds mes journées avec un mec dont la seule passion est de se flinguer la santé pour raison de concept sur un fond de canal ?

En même temps, il faut bien reconnaître qu'être à côté de lui, ça ne m'a jamais empêché de penser. Il dit trois mots à l'heure en moyenne. Et le reste du temps, il sirote sa bière, il marmonne tout seul, il jette ses canettes en calculant l'angle de tir, pour qu'il n'y ait pas déperdition de matériel. Et quand il est d'humeur, il me fait participer :

– Tu as vu la précision, un peu ?

– Hein, quoi ?

– Regarde : j'arrive à les carrer dans un mouchoir, maintenant. Je tire comme en championnat !

La démonstration suit.

Le Mérou va remplir sa canette de flotte, puis revient se placer en position de tir. Il ferme un œil, il saisit la canette, sans refermer sa main autour, avec le pouce qui obture le trou de la capsule. Il la laisse pendre au bout du bras avec un petit mouvement de suspension, bien souple, élastique, pour en apprécier le poids sans doute. Ensuite il balance le bras plusieurs fois, de l'arrière vers l'avant, sans terminer son geste, comme un joueur de boule. Un œil fermé, la lèvre de chameau qui vient recouvrir l'autre, une tension dans l'air, au moment où il vise.

Et hop ! Le lancer qui s'ensuit, la détente fatale, la canette qui s'envole gracieusement vers le ciel, puis redescend, et plonge, plaouff ! et disparaît au fond de l'eau.

– Alors ? T'as vu ?

– Quoi ?

– Ben ?! Tu vois pas que c'est au millimètre ? Si on regardait sous la flotte, je te parie que celle-là, là, elle vient de se poser pile poil sur les deux dernières que j'ai balancées tout à l'heure. C'est énorme, non, comme technique ?!

– Énorme. Tu devrais créer une discipline olympique, tu sais ? Le lancer de canette en canal pollué.

– Tu fais chier. Y a rien qui t'enthousiasme.

Le Mérou me dit ça sans haine, c'est un simple bilan de mon état moral : je ne m'enthousiasme pour rien, point final. Venant d'un mec qui se fout du tiers comme du quart, comme dirait mon père – et d'ailleurs je n'ai jamais compris ce que ça voulait dire –, venant d'un mec qui n'en a jamais rien à foutre de rien, je trouve que le constat est dur à avaler.

– Parce que tu t'y connais en enthousiasme, toi ? T'es devenu spécialiste, peut-être ?

– Désolé, rien à voir. Moi je me fous de tout, OK, mais j'ai quand même des projets dans la vie. La preuve !

Je n'ai rien à répondre à ça. On peut considérer qu'avoir une cirrhose avant ses trente-cinq ans, c'est un projet, d'accord. Je ne vais pas m'engrainer avec lui là-dessus.

En même temps, je crois que je comprends très bien ce qu'il essaie de me dire. Je suis en roue libre depuis longtemps, rien qui me fasse bander, qui m'inspire. Rien qui motive, le matin, pour sortir du plumard. Même me réveiller, je trouve ça difficile.

Enfin, non : décevant.

La vie ne me réserve pas la moindre surprise. Je sors du lit, je déjeune, je fais ma toilette, je m'habille, je me barre de l'appartement sans donner d'heure de retour à ma mère, qui insiste tous les jours pour me faire quand même mon repas du midi et râle à chaque fois, parce que je ne suis pas revenu pour manger.

Je vais faire un tour au café pour voir s'il y a un pote, je traîne un peu en ville, et je vais au canal. Presque chaque jour, je passe prendre le Mérou. Ou bien c'est lui qui m'attend sur la place, en face du magasin de son père, qui le traite comme une larve et le méprise ouvertement, depuis qu'il sait qu'il ne veut pas reprendre l'affaire familiale, la Quincaillerie du Centre, électroménager, image, son, *Chez Lemauroux, des prix doux, des prix fous !*

Le Mérou, il aurait dû faire inventeur ou génie, plutôt qu'un BEP d'installateur conseil en électroménager. Je n'ai jamais vu un type aussi doué que lui, il pourrait réparer n'importe quoi, même sans avoir appris. Il a le cerveau dans les doigts. Mais ça ne l'intéresse pas.

Lui, ce qu'il voulait faire, c'était de l'alpinisme. Seulement avec son asthme et ses kilos en trop, et sans parler du fait qu'il déteste l'effort, c'était pas un but à sa taille. Le jour où il m'a dit ça, dans un bistrot du centre-ville, en finissant son troisième demi, j'ai failli exploser de rire. Je me suis retenu juste à temps quand j'ai compris qu'il ne blaguait pas. Quand il s'est mis à parler de camps de base, de sommets à 8 000 et d'ascensions sans oxygène, j'ai vu passer dans son regard quelque chose de fort. Quelque chose qui me disait que c'était très sérieux, son histoire. Et que ça faisait mal, aussi.

Et moi, ça me foutait mal à l'aise, de voir ses yeux de chien battu faire l'aller-retour de son monde de rêve à son reflet dans le miroir d'en face : un gros type au visage mou, avec un teint gris d'asthmatique, des yeux rouges de mec qui boit, et ce front qui recule de mois en mois et lui promet d'avoir bientôt le même crâne d'œuf que son père.

Je me suis dit que j'avais sans doute eu le même regard, et assez souvent même, depuis que j'ai perdu Lola. Le regard de quelqu'un qui a perdu ses rêves.

Lola, c'était ma meuf, et c'était mon amour. On est sortis presque quatre ans ensemble et ça m'emmerde de me dire que c'étaient sûrement les plus beaux de ma vie. Parce que les plus belles années, ça devrait être les dix dernières, pour s'en aller sur un bouquet final.

Lola, j'aimais m'endormir avec elle, me réveiller contre sa peau, écouter le bruit de la douche quand elle partait plus tôt que moi, et la retrouver à l'appart, les soirs où je rentrais après elle.

C'est la seule fille au monde pour qui j'ai pondu des poèmes, au tout début de notre histoire, sans me sentir trop con, ni de les écrire ni de les lui donner.

Tu es belle comme le jour
Tu es trop belle mon amour
La vie sans toi, Toi ma Lola
Je ne saurais pas

Tu es belle comme l'amour
Tu es plus belle de jour en jour
La vie sans toi, Toi ma Lola
Je ne pourrais pas

Quand je les lui faisais lire, elle me vannait à chaque fois :

– Pfff ! Tu as quel âge ? Douze ans ?

Mais je savais qu'elle aimait ça, et que ça lui faisait plaisir.

Elle les mettait dans un cahier spécial, que je lui avais acheté pour son anniversaire, avec une couverture en cuir rouge, toute gravée de fleurs en creux. Un grand cahier aux feuilles épaisses et au papier tout granuleux. Elle y collait aussi les photos de nous deux, même les pires, elle et moi au photomaton, et ma tronche de psychopathe. Elle au jardin public, le bonnet péruvien jusqu'au ras des sourcils, qui retombait en oreilles de cocker sur ses joues. Et puis des tickets de cinéma, la note du premier restaurant où je l'avais invitée un lendemain de paye, d'où on était sortis torchés, pétés de rire dans la rue. Une tresse faite avec ses cheveux et les miens – à l'époque, j'étais coiffé comme un poney : rasé sur les côtés et la crinière longue. Il y avait même les entrées d'une expo où on était allés complètement par hasard, parce qu'il pleuvait à verse et qu'on avait raté le bus. Tout le musée était pavé de marbre, il y avait des moulures au plafond, des murs blancs, des planchers en bois et des vieux comme des zombies, qui se déplaçaient au ralenti en lisant les notices scotchées sous les tableaux, le nez collé dessus, en silence. Dans un hall, je me souviens, il y avait des sculptures de femmes avec des seins énormes et de gros culs en bronze. Je leur mettais la main aux fesses, je leur pelotais les nichons, je faisais semblant de me taper une branlette, ça choquait les mamies et ça nous faisait marrer, on était comme des gosses. On pensait qu'on avait toute la vie devant nous. Un appart, un grand lit pour s'aimer et puis, plus tard, beaucoup plus tard, une nichée.

Mais rien qui presse.

Seulement, jour après jour, on s'use. On finit par s'aimer machinal, pilote automatique.

On est moins attentif, moins tendre. On est moins là.

J'ai fait une connerie, et j'ai déçu Lola.

Il ne faudrait jamais décevoir sa copine. J'ai compris ça trop tard.

Une fille amoureuse, elle peut tout encaisser ou presque. Elle peut tremper de larmes des paquets de kleenex et regarder quand même son copain avec au fond des yeux ces lumières magiques qui l'éclairent autrement, arrivent à lui faire croire qu'il est super-intelligent, irremplaçable, unique au monde. Parce que, tant qu'elle l'aime, elle y croit, elle aussi.

Mais le jour où les projos se brisent, le jour où c'est fini, la lumière enchantée, le jour où elle dit *Je m'en vais,* alors on peut lui dire adieu. Vraiment.

Les filles, quand elles partent, elles ne reviennent pas. C'est chiant, mais c'est comme ça.

Elles laissent derrière elles des types en morceaux, qui regrettent après coup, qui se poignarderaient tellement qu'ils s'en veulent, d'avoir joué aux cons.

Des mecs seuls pour de bon.

Être le préféré, on s'y fait bien, je trouve. Quand c'est fini, ça manque. Les journées sont plus vides, il y a des heures en trop. Quand on déçoit sa meuf, elle remballe aussitôt le podium qu'elle avait fait pour nous, tout exprès, avec une seule place et un beau tapis rouge.

Fin de la représentation. Merci d'être venu.

Après, plus rien à faire pour sauver l'appareil, c'est le crash assuré. On se retrouve loin, très loin, en dessous du niveau de la mer, enterré dans la vase.

Complètement mazouté.

Je les reverrai longtemps, les yeux de ma Lola, le jour où elle a cessé de me prendre pour le mec le plus gentil et le plus beau du monde.

C'était l'inverse des histoires pour petits : Lola, elle a changé d'un coup mon carrosse en citrouille. J'étais un prince charmant, un dieu vivant, et dix minutes après je me suis retrouvé dans la peau d'un putain de crapaud misérable. Je me sentais minable et couvert de pustules.

Je me suis trouvé moche, et j'ai pas aimé ça.

C'est peut-être pour ça que je trouve ma vie chiante. Pas seulement à cause des boulots de trois jours, et des heures à rien foutre sur le bord du canal ou bien chez mes parents. Mais pour le vide, aussi, parce que j'attends personne. Parce que personne ne m'attend.

Tous les autres me disent que des filles, on en trouve à la pelle ! Moi je trouve plutôt qu'elles manquent à l'appel. Pas une seule autour de moi – pas une seule – qui soit Lola.

Certains jours, je voudrais redevenir petit. Je voudrais retourner à l'école et en ressortir à cinq heures en gueulant, en courant, les bras grands écartés pour jouer à l'avion, avec mon gros cartable énorme qui me flinguerait le dos pour quand je serai grand. Je voudrais passer mes mercredis à regarder les dessins animés en me gavant de Nutella, ou à jouer avec ma Nintendo jusqu'à me faire des ampoules. Je voudrais me prendre pour Goldorak-qui-traverse-tout-l'univers-aussi-vite-que-la-lumière, ou bien pour l'inspecteur Gadget, et me battre avec le docteur Gang. Pas pour recommencer l'histoire, mais pour cesser d'être amoureux, pour me dire à nouveau que les filles c'est nul, et pas comprendre ce que les grands leur trouvent.

Pour rester simplement peinard, à huit, dix ans. Pas davantage.

Vieillir, j'en vois pas l'avantage, en ce moment.

Comme dirait le Mérou, jamais en panne d'expressions, *je manque un peu de perspectives*.

Mes potes sont presque tous en couple, et parfois même mariés. La copine de Stef est enceinte, mon frère a déjà deux gamins. Ma sœur élève depuis bientôt deux ans celui de son copain. Ils ont presque tous un boulot dont ils n'ont souvent rien à foutre, peut-être, mais c'est la vie, il faut bouffer, acheter des couches au bébé, de l'essence pour la bagnole, payer le crédit de la télé, de l'ordi.

Et moi, je reste là à regarder passer l'eau sous les ponts, en attendant que le destin veuille bien me taper sur l'épaule. Si ça continue, je vais me mettre à frotter les canettes au Mérou, des fois qu'il en sorte un génie.

Ce n'est pas un mec de mon âge qui devrait dire ça, je sais : à vingt-huit ans, on est adulte, on en a fini à jamais avec les conneries, histoires d'amour et compagnie, boulot bien payé, vie de rêve. Lola et moi, c'est sûr, c'était pas pour la vie.

Mais ce n'est pas vraiment la vie non plus, sans elle.

Il y a deux jours, on s'est fait une bouffe chez des copains, le soir. On a parlé du chômage, de la crise, des traders, des patrons, des banquiers qui en foutent autant qu'ils peuvent à gauche.

– Ah ben non, sûrement pas *à gauche*, justement ! a dit Sara, la copine de Stef, en rigolant.

On a continué sur les licenciements, ces pantins qui nous gavent à toutes les infos, leurs promesses bidons, leurs plans à deux euros pour venir nous sortir de la merde. Et la crise.

La *Crise*.

Ensuite on a glissé sur les derniers jeux vidéos, le réchauffement planétaire, la chirurgie esthétique, les histoires de couple, de cœur, de cul, la bouffe, les restaus et, pour finir, une fois bien en train, on s'est fait une séance souvenirs-souvenirs de nos années collège.

On a chanté *Capitain Flam*, *Albator*, *X-Or* « le shérif-shérif de l'espace »… Et comme j'étais déjà en pleine rétrospective à titre personnel, j'ai soupiré que ça y était, qu'on était déjà vieux, si on commençait à perdre nos soirées à parler de notre jeunesse.

Je me suis fait siffler comme un arbitre.

Vers onze heures, Lola est arrivée avec le connard avec qui elle sort depuis quelques semaines. Ce genre de type insupportable, gentil, cool, sympathique, que tous vos copains voudraient avoir pour frère, et toutes vos copines avoir dans leur plumard.

Ça m'a pourri le moral d'un seul coup.

Je matais Lola, l'air de rien. Ça m'aurait arrangé qu'elle grossisse, ou qu'elle se coiffe au sécateur, mais non, je n'aurai pas cette chance : elle est belle de pire en pire.

De temps en temps nos regards se croisaient, le sien glissait sur moi, c'était une brûlure.

Je suis resté encore un moment, dans mon coin, le temps de me torcher un peu plus au whisky-coca light, que je bois sans coca. Et je suis parti tout seul, dignement, comme un *poor lonesome* imbécile. Il pleuvait rien que pour m'emmerder.

Je n'avais pas envie de rentrer tout de suite, je me sentais barbouillé, et pas seulement le foie.

Comme les copains chez qui j'étais allé habitent à la ZUP, j'en avais pour un bon moment avant d'arriver au centre-ville. Ça m'arrangeait. J'avais un peu trop abusé de l'alcool et du chagrin d'amour, il fallait que je cuve.

Depuis quelques mois, maintenant, si mes parents me voient rentrer bourré, je prends un Scud sans sommation. De la part de mon père, surtout. Il a du mal à encaisser qu'à presque vingt-huit ans, je sois toujours chez eux. Que j'y sois revenu, plutôt.

Au début, tout allait très bien : je venais de me faire larguer, j'étais en pleine déprime, on me traitait comme un grand brûlé.

Lumières tamisées, compréhension, silence. Mais, petit à petit, la météo s'est dégradée. Contrairement au reste du monde, chez nous c'est un refroidissement du climat qui s'installe. Maintenant, quand je rentre, je trouve le journal étalé sur la table, avec toutes les petites annonces de boulot bien proprement entourées au feutre rouge.

Mon père sera à la retraite dans deux ans. Ça divisera à peu près par deux le presque rien qu'il gagnait tous les mois. Je comprends que ça le déprime de penser qu'à la fin de mon chômage, si je ne trouve rien, ça lui fera une bouche de plus et de trop à nourrir. Ma mère, elle, je pourrais rester dix ans, ça ne la gênerait pas. Tout plutôt que se retrouver toute seule avec lui, parce qu'il est du genre silencieux et qu'elle a du mal avec ça. Mais elle a beau être contente d'avoir retrouvé son fiston, elle est chiante quand même. Il faut prévenir quand je sors, il faut prévenir quand je rentre. Porter le linge au sale. Ranger ma chambre. Faire mon lit.

C'est normal, je sais bien. Seulement, je n'aime pas qu'on me le dise. Je voudrais faire les choses au moment où je veux. Quitte à ne pas les faire, parce que ça me regarde. J'ai l'impression d'être à nouveau ado et ça me rappelle un peu trop à quel point je trouvais ça horrible. Pire même, aujourd'hui, parce que j'ai vécu seul, et puis avec Lola.

Je voudrais être ailleurs, mais où ?

Je voudrais être ailleurs ou être quelqu'un d'autre. Quelqu'un qui fermerait la porte un beau matin et qui s'en irait loin, plein de projets en tête, avec un sac à dos, au lieu de rester ici, à recevoir la becquée sans me bouger les plumes.

Je me sens comme un vieux coucou qui ne s'assumerait pas.

Je prends trop de place dans le nid.

Ou c'est peut-être lui qui est trop petit pour moi.

J'ai entendu des pas courir derrière moi, une voix de fille qui appelait :

– Cédric ?

Mon cœur a freiné pile. Lola avait changé d'avis, elle galopait vers moi, elle m'aimait toujours, je lui ouvrirais les bras, tout recommencerait, la la li, lalala.

Je me suis retourné. C'était Maïlys, la cousine de Stef, qui était à la soirée, elle aussi. Maïlys-ni-clou-ni-vis, la belette adhésive. Elle a flashé sur moi depuis au moins un an. Je n'avais rien capté, Stef a fini par se foutre de moi. Il m'a dit qu'elle m'envoyait tout le temps des signaux maritimes, des messages d'alerte. Foxtrot-Kilo-Zulu. *Je suis désemparée / Je désire communiquer / J'ai besoin d'un remorqueur.*

C'est un truc entre lui et moi. Ça date de quand on était en sixième, à l'époque où on comptait devenir amiral, tous les deux. On connaissait les codes et les drapeaux par cœur. On s'en servait pour s'envoyer des messages et pour donner des surnoms à nos profs.

La prof d'anglais, qui boitait bas, c'était Yankee, *mon ancre chasse*. Le principal, on le surnommait Uniform, *vous courez vers un danger*, et le prof de français qui larguait à tout-va, on l'avait baptisé Bravo : *explosifs à bord*.

Maïlys était devant moi, les chaussures trempées, des cheveux de noyée plaqués sur la figure, toute mouillée de pluie et bientôt de chagrin, ça c'était à prévoir.

Ce n'est pas de sa faute, elle est mignonne, elle est loin d'être con, mais elle n'est pas Lola. Comment lui expliquer ça ?

Elle a sorti une poche en plastique de son sac, en me disant, avec son beau sourire :

– Tu as oublié ton pull chez Fatou, en partant.

J'ai sorti le pull de la poche. J'ai dit :

– Oh, merci, trop sympa !

Je savais qu'elle aurait espéré autre chose. Je n'avais rien de mieux à lui offrir, désolé.

Je lui ai fait la bise et je suis parti vite, pour ne pas la voir s'écrouler lentement, comme un sucre qui fond au milieu d'une flaque.

Pourquoi est-ce que je la laissais s'en aller ? Pourquoi ce gramme de conscience qui pesait encore trop lourd et m'empêchait de la sauter ?

Et surtout, oui surtout, cette grande question : pourquoi elle ne me plaisait pas, à la fin, cette fille, puisque moi je lui plaisais ?

À quoi ça sert d'aimer, quand c'est pas réciproque, sinon à se pourrir la vie ?

Elle allait rentrer toute seule, morose, et se choper un rhume, avec son top tout fin plaqué sur ses petits seins. Moi, j'irais fignoler mon cafard, tranquille, un peu plus loin.

Alors qu'on aurait dû s'emboîter l'un dans l'autre, pour fabriquer un tout plus résistant que les deux parties qui le composent.

Le Mérou a raison, quand il dit que la vie, ce n'est pas fonctionnel.

Je suis allé traîner mon cafard vers le centre, voir s'il y avait des potes à la Brasserie de la Gare, ou alors au Black Queen.

Ce sont les deux seuls coins où ça vivote encore, parfois, passé une heure du matin.

Ça, c'est l'immense joie des petites villes de province : après minuit, on ne croise dans les rues que des chiens et des chats qui fouillent les poubelles et des types trop saouls pour trouver leur chemin.

J'avais besoin de voir du monde, de parler à un être humain, n'importe qui, et de prendre un café serré. Finalement, je suis entré au Black. Il restait deux bouseux à moitié entamés dans le fond de la salle, et un couple de vieux qui s'engueulaient à mi-voix, derrière l'aquarium.

Le vieux disait à sa femme, d'une voix même pas convaincue : « Je vais te quitter, tu comprends, ne cherche pas à me retenir. » Elle le regardait sans broncher, elle semblait s'en foutre, elle répondait un truc pour dire qu'elle s'en doutait, qu'elle l'avait toujours su.

– Je vais te quitter, tu comprends, répétait le vieux, à voix basse.

Il le disait et le redisait sur tous les tons, et je trouvais que c'était très moyen comme façon de faire, d'insister lourdement comme ça. Et elle, comme un perroquet, de répondre encore et encore qu'elle s'en doutait, qu'elle l'avait toujours su.

Ils avaient l'air incapables de passer à autre chose.

Je me suis dit que c'était triste de se quitter comme ça.

Je n'avais pas trop envie de me retrouver en salle, à côté d'eux, alors j'ai préféré m'installer au comptoir. C'est là que je l'ai vu.

J'ai reconnu tout de suite son allure, ses fringues, la capuche du sweat rabattue sur les yeux. Il me tournait presque le dos, il regardait la télé accrochée dans l'angle de la pièce, il y avait une retransmission du dernier match de foot. Il buvait un demi.

– Qu'est-ce que je vous sers ? m'a demandé la serveuse.

– Pfff… Je sais pas… Un café serré. Non, non : un allongé, plutôt !

En revoyant ce jeune, ça m'a fait repenser au mec dans la poussette. La vision de cauchemar que c'était. À ce moment-là, il a changé de position sur son tabouret, il s'est replacé bien en face du comptoir. Apparemment, le foot ne le passionnait pas des masses.

Son regard a croisé le mien, dans la glace.

– Salut ! j'ai dit.

Il a lâché mon reflet de l'œil, il a tourné la tête vers moi, lentement. Il a laissé tomber d'une voix cassée, une voix d'ado qui mue :

– Salut. On se connaît ?

J'étais à moins d'un mètre de lui, mais je ne voyais pas bien sa tête à cause de sa capuche à la con qui lui faisait de l'ombre, et de l'éclairage pourri qu'ils mettent dans les bars depuis quelques années, pour créer des ambiances intimistes et pouvoir écrire « Irish Pub » sur l'enseigne au néon. Je voyais seulement son menton sans un seul poil de barbe, les piercings qui luisaient par instants dans ses sourcils, quand ils accrochaient la lumière, et son regard dur, très sombre, pas franchement sympa pour tout dire. J'ai dit :

– Je t'ai vu passer, déjà.

– Passer ?

– De l'autre côté du canal.

– Ah, oui. Exact. Je te reconnais.

Silence.

Il y avait un truc en lui qui me foutait mal à l'aise. Pourtant je ne suis pas du genre à craindre les ados, surtout quand ils sont seuls et plus petits que moi. Il n'avait pas l'air d'être sous acide, ni même franchement dangereux. Non. Il y avait seulement quelque chose de pas net, que je n'arrivais pas à comprendre. Mais je commençais tout juste à émerger d'un début de cuite sévère, et d'une soirée merdique à regarder ma-meuf-qui-ne-m'appartient-plus tenir la main d'un Brad Pitt en carton. C'était sûrement normal que rien ne me semble d'équerre.

Je devais avoir besoin de me prendre un poing dans la gueule, histoire de finir en beauté, parce que je me suis entendu insister lourdement :

– C'était qui, le type avec toi, l'autre jour ?

– …

– Le type sur le chariot, tu vois de qui je parle ? C'est ton frangin ?

Il a fait un petit bruit agacé, avec sa langue.

Il a dit :

– Écoute, on fait un deal, toi et moi : je te paye ton café et tu m'oublies, d'accord ?

Ça m'a séché.

Je me faisais reprendre de volée par un petit merdeux, et j'allais rester sans rien faire ?

Ben oui, évidemment. J'étais dans un bon jour, un jour à me faire marcher sur la gueule. Autant continuer jusqu'au bout. Je me sentais bien parti pour être lamentable. J'ai dit :

– Excuse, je voulais pas me mêler… Enfin bon, c'est pas mes affaires. Oublie ça.

Il a eu un vague sourire. Il a repris, un peu moins cassant :

– Il s'appelle Gérard. Et ce n'est pas mon frère.

Je ne sais pas pourquoi, je lui ai tendu la main.

– Cédric.

Il m'a observé, deux secondes, le temps de me découper au laser, et il a répondu :

– Moi, c'est Alex.

Il avait encore une main de gosse, petite et longue, aux doigts très fins.

Il a dit :

– Tchao, je vais me coucher. Je bosse tôt, demain.

– Ouais, moi aussi. Enfin, moi aussi je vais rentrer, je veux dire. J'ai pas de boulot, ces temps-ci. Tu bosses où, toi ?

– À la Coopav.

– Ah ? Chez les poules ?

– Oui. Salut.

Il a réglé les deux consos, sans me regarder. Je ne sais pas pourquoi. Je ne sais même pas s'il a entendu mon merci. Il avait l'air de se foutre de tout. Il est sorti en rabattant un peu plus sa capuche, je l'ai vu s'éloigner, il a tourné à gauche, en face de la gare, il a pris vers le pont. Dehors, ça flottait dru.

Je n'entendais pas l'averse, à cause du CD de Cloclo, « Belle belle bêêêle comme le jour », mais je voyais de grosses gouttes tomber de la gouttière. Un temps de merde, pour changer.

Un jour, j'irai vivre au soleil, si je ne suis pas moisi avant.

J'ai fini mon café tranquille.

La fille au bar bâillait à s'en décrocher les mâchoires, elle avait l'air crevée, des yeux rouges cernés de brun, une petite figure plus froissée qu'une taie d'oreiller après une nuit blanche. Elle m'a fait un sourire, elle a tenté de blaguer cinq minutes, mais le cœur n'y était pas, ni pour elle ni pour moi.

Les deux poivrots du fond sont sortis en se marrant. En poussant la porte, ils ont gueulé :

– Allez, Lulu, à la prochaine !

La fille leur a fait un clin d'œil, elle leur a répondu :

– Bonne fin de soirée, passez entre les gouttes !

Ensuite elle est allée ramasser leurs verres, et mettre un coup d'éponge sur la table.

Le couple ne disait plus rien, ils ne se regardaient même plus.

La vieille faisait semblant de s'intéresser aux poissons rouges qui nageaient mollement dans l'aquarium. Le vieux se roulait une clope, l'air mauvais.

– C'est dur, quand même ! il a fini par dire.

– On va y arriver, ça prendra le temps que ça doit prendre, c'est tout.

Je l'ai trouvée plutôt sympa, la vieille, de lui remonter le moral alors qu'il venait de la quitter.

– On va bientôt fermer, messieurs-dames !

J'ai fini mon café, je me suis recoiffé dans la glace.

Putain, je me suis dit, cette gueule que j'aie !

Envol de canettes

Roswell était revenu de la balade ravi, gelé, le nez et les joues rouges, en braillant à tue-tête une chanson inconnue du monde entier sauf lui, tout le long du chemin.

Quand on a passé le portail, j'ai vu un des rideaux s'écarter discrètement, puis retomber aussi vite, sur la façade.

Marlène devait guetter notre retour.

J'ai aidé Roswell à se relever, en prenant tout mon temps, parce qu'il était ankylosé. Il faut le faire bouger souvent, sinon il devient plus raide qu'un mannequin de vitrine.

On est entrés dans la cuisine, bras dessus bras dessous. Ce qui est une façon de parler, étant donné qu'il tanguait d'un côté l'autre et que je devais en même temps l'empêcher de trébucher et le faire avancer.

Il était déchaîné.

Il criait en Roswell : *On a vu le canal ! On a vu le canal !*

On aurait dit qu'il venait de marcher sur la Lune.

Je me suis dit qu'il n'avait pas dû sortir depuis longtemps. Qu'il n'était peut-être jamais sorti du tout. Comment savoir ?

– Ben si c'est pour le ramener énervé comme un pou, franchement c'était pas la peine ! a râlé Marlène.

J'ai accompagné Roswell jusqu'à son fauteuil, je l'ai aidé à s'asseoir.

Marlène a explosé :

– Ah non ! Tu vas pas me le poser là comme un chien pose sa merde !

Quand elle s'énerve, il n'y a rien à répondre. C'est soudain et c'est imparable, un orage de grêle qui laisse des impacts, et massacre un peu tout en surface. Il suffit que l'envie lui prenne et elle trouve aussitôt une bonne raison de se mettre à gueuler, quitte à la fabriquer sur mesure, au besoin. Elle a la colère et la hargne inventives.

Elle a continué :

– T'as pas vu ses chaussures ? Elles sont pleines de boue !

– Ça, c'est parce qu'on a fait du jogging, lui et moi, je lui ai dit.

Elle m'a regardée sans répondre, un instant, avec un fond de mépris agacé dans les yeux. Et, pour ne pas s'avouer vaincue, avoir le dernier mot quand même, elle a laissé tomber :

– Tu iras me ranger ton encaistre dans l'appentis, au lieu de le laisser devant l'entrée, parce que mon jardin, c'est pas la décharge aux poubelles !

J'ai pris le temps de déshabiller Roswell qui virait au rouge tomate, engoncé qu'il était dans la grosse parka, l'écharpe et la cagoule.

Ensuite je suis allée garer le trolley, et j'en ai profité pour prendre les mesures de l'assise et du dosseret, en vue des améliorations à faire.

Il faisait encore largement jour, et je n'avais vraiment aucune envie de supporter Marlène. Le montant du loyer n'inclut pas la patience qu'il faut pour résister lorsqu'elle a ses humeurs. J'avais besoin de marcher, d'aller voir ailleurs si j'y étais.

Bertrand est arrivé de l'usine à vélo. Il a freiné en me voyant au portail. Ses freins font un grincement horrible, mais il ne veut surtout pas les graisser, il dit que ça sert d'avertisseur.

Il a posé le pied à terre, il m'a lancé « Salut, ça va ? ». La bouche pincée sur son mégot, tellement collé au coin des lèvres que ça lui laisse en permanence une trace orangée.

– Tu bosses pas, aujourd'hui, toi ?

– C'est mon jour de repos.

– Ah, c'est pour ça. Tu sors un peu, alors ? Tu vas voir des copains ?

– Je vais en ville.

– Je vais te dire, tu as raison, il faut s'amuser quand on est jeune ! C'est pas vrai ?

– Si.

Bertrand m'a regardée en hochant la tête, avec ses yeux absents, et son sourire vide.

On a toujours l'impression qu'il est en train de réfléchir, qu'il va sûrement ajouter quelque chose, une chose très importante qu'il veut confier absolument. Sauf qu'en fait, il se tait.

Il se tait et c'est tout.

Il a fini par faire un petit geste vague, il est remonté sur son vélo et il a passé le portail.

Je n'avais pas besoin d'être avec lui pour deviner ce qui allait suivre. Il allait garer son vélo sous l'appentis, jeter son mégot dans le gravier de l'allée, d'une chiquenaude, frotter ses semelles sur le paillasson, en prenant tout son temps.

Puis il se raclerait la gorge et cracherait son goudron au pied des géraniums. Ensuite seulement, il pousserait la porte, les épaules déjà tassées, le regard déjà mort.

Marlène sortirait de la cuisine à l'instant, elle passerait à l'attaque, aboierait en montrant Roswell tassé dans son fauteuil, en train de s'endormir devant la télé :

– Tu sais pas ce qu'*ils* m'ont fait ?

Au choix, il se tairait ou dirait :

– Quoi encore ?

Dans tous les cas, elle aurait déjà commencé à se plaindre.

Je ne vais pas toujours rester ici.

Mon boulot se termine dans moins de six semaines et je n'aime pas camper longtemps au même endroit. À la fin de mon contrat, je referai mon sac et je prendrai la route.

J'ai fait le tour d'ici, je vais m'emmener plus loin.

J'ai toujours fait comme ça, depuis que j'ai quitté la maison de mes parents, il y aura bientôt douze ans. Jamais plus de six mois quelque part. La plupart du temps, moins. Partir souvent et ne pas s'attacher. Quitter les gens quand je quitte les villes. Je ne suis jamais restée plus de quelques semaines avec un mec, je suis très souvent seule. Ça ne me gêne pas.

Pas tout le temps, quoi. Je n'ai pas envie d'appartenir, ni d'attendre, ni d'être sage.

J'ai toujours cru que quelque chose en moi sentirait le moment où je devrai m'arrêter. Ce sera sûrement une question de rencontre, quelqu'un qui me donnera l'envie de me poser, de vouloir un bébé. Peut-être aussi qu'il n'y aura personne, ou que je ne saurai pas le voir. Je raterai la route, il n'y aura pas de petite maison dans la prairie, avec le feu de bois, l'odeur des confitures, un homme pour la vie. Seulement des amours de passage ou d'errance.

Pour l'instant, ça n'a pas d'importance, en tout cas.

Je crois que j'ai bossé un peu partout en France, et pas seulement. J'ai vécu en Angleterre, en Irlande, en Belgique, en Espagne et en Italie, en Hollande et en Allemagne.

J'ai fait tous les boulots qu'on peut faire à mon âge, quand on n'a pas de formation, ni d'attaches, et qu'on se fout pas mal des horaires. Service en salle ou plonge, vente sur les marchés, livraison de pizzas, baby-sitting, ménage, accueil, promenade de chiens, blanchisserie, nettoyage de bureaux, de collèges, d'hôpitaux, distribution de tracts, et maintenant l'usine.

Parfois j'ai l'impression que ma vie est un grand bâtiment, fait d'une succession de pièces en enfilade. Je visite. J'avance et je ne peux jamais revenir en arrière. Chaque fois que j'ouvre une porte, je tombe sur un nouveau décor.

La prochaine fois, j'irai un peu au sud, j'ai besoin de soleil.

Je laisserai l'usine à poules et ses odeurs de merde, Marlène et sa rancœur, Bertrand et ses œufs clairs. Roswell continuera à vivre comme il vivait avant. Avant que je ne sois là.

Il n'y aura pas de gros changements dans sa vie, sauf le bisou du soir, les balades en poussette. Il ne récitera plus ses poèmes, sans doute, ou bien il les dira pour personne. Parce que je ne vois pas Marlène s'asseoir au bord du lit, et prendre le temps de l'écouter, de chercher à traduire. Ni de réciter avec lui.

Mais qui peut dire si ça lui manquera ? Qui peut dire jusqu'où Roswell comprend vraiment les choses ? L'autre jour, au canal, il n'a même pas eu peur, quand on a vu les deux racailles. Je lui ai dit : « C'est un jeu. » Il a trouvé ça drôle.

C'est vrai qu'il y a eu sa question, au retour, pour savoir s'il était un monstre. Et puis ?

Est-ce que ça signifie qu'il pense ? Qu'il en souffre ? Il rit tellement, pour rien, tout le temps. Son frère a peut-être raison, après tout : Roswell n'est peut-être bien qu'un simple perroquet, qui répète les mots sans comprendre les phrases.

J'aimerais bien en être convaincue.

Je suis sûre que Marlène et Bertrand n'auront jamais assez d'obstination dans leur bêtise pour aller le perdre vraiment, même pour une semaine. C'est un projet tordu. Marlène a simplement besoin de rêver, elle aussi. D'imaginer qu'elle pourrait être libre, faire ce qui lui plaît. Tant pis si ses désirs sont moches, et s'ils sont aux dépens de Roswell.

On se raccroche à ce qu'on peut.

Elle, c'est au malheur des autres.

Oui, mais si elle se mettait un beau jour à y croire ? Si elle finissait par se dire que c'est possible, et qu'en larguant Neuneu sur le bord de la route, elle et Bertrand pourraient vivre un beau rêve, aller à la montagne et monter dans les œufs ?

Je sais que Bertrand ne voudrait pas faire de mal à son frère, même s'il est taré, même s'il est encombrant. Seulement c'est un lâche, Bertrand. Et le problème, avec les lâches, c'est qu'on ne sait jamais devant qui ils finiront par s'aplatir. Tout ce qui compte, pour lui, c'est de ne pas avoir d'emmerdes. Rien qui fasse des clapotis dans sa flaque, son verre d'eau.

De qui aura-t-il le plus peur, au final ? Des gendarmes, ou bien de sa femme ?

Je regrette vraiment qu'il soit sur mon trajet, Roswell. Je vivais très bien sans son regard de clebs et ses filets de bave.

Il me fait trop penser à Gold, mon labrador. Des heures, j'ai passé, à lui faire ses piqûres, à refaire ses pansements, à lui parler, lui dire d'être fort, après qu'il est passé sous une camionnette. Après l'opération du véto en urgence, toute ma tirelire, et ça je m'en foutais.

– Ne t'acharne donc pas ! me répétait ma mère. Il va mourir, tu le vois bien.

Des heures à écouter son souffle près de moi, à sentir ses petits coups de langue timides sur mon bras, sa patte osseuse sur la mienne, ses griffes dures sur ma peau, sa truffe sèche et brûlante de fièvre contre mon épaule. Lui et moi blottis, serrés l'un contre l'autre comme si on était deux frère et sœur clébards de la même portée.

Il me regardait du coin de l'œil, pendant que je lui faisais ses injections. Pas un soupir, pas un écart, pourtant je voyais bien les frissons sur sa peau, le raidissement de l'échine, je savais que ça le brûlait, le déchirait, que tout était en vrac, là-dedans, en charpie.

Tous les soirs, je me disais que le lendemain, quand je me réveillerais, il serait raide mort. J'essayais de ne pas dormir, de veiller près de lui, pour repousser la dernière heure, si elle s'avisait d'arriver.

Le véto n'avait pas été franchement optimiste :

– Je lui donne une chance sur cinq, et encore, parce qu'il est jeune et en bonne santé. Sinon, je vous aurais dit de laisser tomber tout de suite. Mais bon, si à la fin de la semaine prochaine il n'y a aucun progrès, ramenez-le-moi, il vaudra mieux que je l'endorme.

Est-ce qu'il pouvait savoir le mal que ça faisait, d'envisager sa fin, seulement un instant ?

Goldy, j'avais grandi avec lui, on s'était connus chiots.

Mes frères étaient tristes. J'étais désespérée. J'ai beaucoup plus pleuré d'angoisse pour lui que je n'ai versé de larmes à la mort de mon père.

Il a fini par se remettre, pas tout à fait complètement. Il est resté boiteux, bloqué du train arrière, je ne l'ai plus jamais vu courir vers moi oreilles au vent, langue pendante entre les dents. Il est devenu misérable et fragile. Je l'ai aimé encore plus.

Et j'ai décidé de ne plus me laisser ligoter par personne après lui, parce que ça fait trop mal de s'inquiéter pour ceux qu'on aime.

J'avais tout juste dix-huit ans.

Alors je comprends très bien Marlène quand elle dit que les chiens, c'est des bêtes à chagrin.

Roswell me fait pareil, il faut que je m'éloigne. C'est de l'attachement inutile.

Et je déteste être attachée.

Si on perdait Roswell dans la nature, il serait incapable de dire d'où il vient, c'est certain.

Il ne doit même pas savoir dans quelle ville il est.

Je l'imagine, assis sur un banc, à un arrêt de car, ou sur le bord d'une route, en train de regarder s'éloigner la voiture de Marlène et Bertrand.

Roswell quand la nuit tombe.

Roswell loin de sa télé. De son lit. Sans couverture pour téter. Sans petite veilleuse.

À bavouiller ses poèmes, peut-être. Ou bien à chanter faux tout seul.

Merde.

Il faudrait qu'il ait un moyen de s'en sortir, si ça se passait vraiment, le largage annoncé.

Alors je lui apprends tout son état civil. Je lui fais réviser sa leçon, chaque soir.

Son nom, il le connaît, bien sûr. Depuis que je suis là, j'ai eu le temps de voir qu'il connaît plein de choses, beaucoup plus que je n'aurais cru.

Je ne saurai jamais jusqu'où elle va vraiment, la science de Roswell. Je ne connaîtrai jamais ses limites : je pars bientôt, je n'aurai pas le temps. Mais ce que je sais, par contre, c'est qu'il faut être sacrément habitué pour pouvoir déchiffrer son langage exotique.

Le Roswell courant, c'est du chinois codé.

Alors on revoit ça ensemble, lui et moi, au moment du coucher.

Il s'applique, il y met toute sa bonne volonté. C'est débile.

Roswell, ce n'est pas Gold. C'est un homme. Un adulte. Son prénom, c'est Gérard. Il est plus vieux que moi. Il y a tout un passé, dans le secret de sa tête. Peut-être des pensées profondes, des sentiments très forts, des idées sur la vie.

Et moi, je lui apprends à réciter des choses comme s'il avait quatre ans, en le reprenant sur sa prononciation. Je joue l'orthophoniste.

Certains soirs, je le trouve beau comme un tableau abstrait, assis dans son plumard, son dos courbe calé contre les oreillers, son cou de poulet maigre hérissé de poils noirs qui sort du pyjama, et sa glotte pointue qui monte et qui descend, chaque fois qu'il arrive à avaler sa salive, au lieu de la laisser s'égoutter sur son col. Roswell, c'est un Picasso en volume.

Il ne me quitte pas une seconde de l'œil, et dans ces moments-là, je doute.

Est-ce que ça vient de lui, est-ce que ça vient de moi ? Je crois sentir en lui une vague appréhension. C'est peut-être seulement la peur de me décevoir, de ne pas être assez bon élève. Peut-être l'intuition que je vais m'en aller.

Il redit après moi. Et moi, je le corrige. Tout ça pour rien, en plus. Enfin, j'espère. Tant pis, je continue. Je pourrai me raconter que j'ai tenté quelque chose pour lui. Partir plus loin, l'esprit tranquille, en me disant que j'ai « fait mon devoir », cette expression que je déteste.

– Zje m'ahhelle Schhérard Schhanschhheff.

– Sanchez !

– Schhanschhhesss.

– San-chezzzzzzz ! Fais un effort, allez ! San-*chezzzzzzz* !

– Hhhui : Schhanschhhesssss !

– OK. Où est-ce que tu habites ?

– Ssssche-min dé-zjéccluzjes.

– … Des écluses, c'est ça. Quel numéro ?

– Dizzhhhuitt.

– Super !

– Ssschhuper !

– Oui.

Super.

J'ai marché au hasard, et puis j'ai décidé de faire un tour en ville. Ensuite on verrait bien.

J'ai traversé le parc La Fontaine, le soir commençait à tomber, les petits gosses étaient rentrés, il ne restait que quelques amoureux, deux trois vieux pas pressés de retourner à la maison de retraite. Et des ados, en petits groupes.

J'en vois souvent qui squattent là, pendant des heures, à se taire côte à côte, assis sur les dossiers des bancs. Le soir, on les retrouve dans les cafés de la ville, ensuite ils vont en boîte, quand ils sont déjà saouls, parce que l'alcool vaut cher en discothèque, et qu'il faut être raide pour s'éclater vraiment, et pour oser draguer, tant qu'à faire.

Je me dis qu'être jeune dans les villes qui meurent – moins d'emploi, moins d'argent –, c'est vraiment déprimant.

Je crois que je préfère avoir trente ans.

En redescendant le boulevard, j'ai vu arriver Vanessa, celle qui bosse à l'usine avec moi. Elle m'a fait de grands signes, elle était avec son mec, elle a voulu me le présenter.

On est allé prendre un pot, juste en face du parc. Son copain m'a pelotée du regard, en vitesse, et ne m'a plus accordé un coup d'œil. Pas assez de seins ni de fesses.

Je l'avais évalué aussi vite : faux beau, macho, sûr de lui, prétentieux.

Pendant qu'on discutait, Vanessa et moi, il matait tranquillement toutes les filles autour de nous, sans se gêner. Il en a même sifflé une. Notre conversation l'ennuyait et il faisait la gueule. Il jouait avec ses clés de voiture, les faisait sauter dans sa paume, ça faisait cliqueter sa gourmette sur le plateau en fer de la table. Il a soupiré, deux trois fois. Il a regardé sa montre, une belle montre tout en acier brillant, avec trente-deux cadrans pour savoir à coup sûr quelle heure il est à Moscou ou à Vienne quand il pisse à huit heures ici. Étanche au moins jusqu'à cent mètres, ce qui doit vraiment lui servir tous les jours. Il devait regretter de ne pas avoir laissé le prix en évidence. Une somme de connerie, ce type. Une caricature.

Tout d'un coup, il nous a coupé la parole, sympa, en disant que c'était l'heure du match et que bon, on n'allait pas camper ici, non plus.

Vanessa a protesté, faiblement :

– Attends, on peut parler cinq minutes, quand même !

Il a jeté :

– La ramène pas parce qu'il y a ta copine, d'accord ?

– Mais attends, on peut parler, quand même ! a redit Vanessa, sur le même ton.

Elle me regardait avec un petit sourire qui se voulait complice, un pauvre sourire terne qui essayait de me dire : « Oh, il fait son malin, mais il n'est pas méchant, il est comme ça, c'est tout ! Les hommes, tu sais bien... »

Soudain il s'est levé, il a dit :

– Je me casse. Toi, tu restes ou tu viens, j'en ai rien à branler.

– Mais atteeends !...

Elle manquait d'arguments, Vanessa.

Il l'a regardée de haut en bas, un regard de taré et de propriétaire, qui m'a donné le frisson.

Et puis il s'est mis à compter sur ses doigts, à voix haute :

– Un… Deux…

– OK, c'est bon, c'est bon ! Allez, Alex, je te laisse, hein ? On se voit demain, OK ?

L'autre imbécile était déjà parti, à grandes enjambées, sans même dire au revoir.

Connard.

Vanessa a ramarré ses affaires en vitesse, sa veste, son écharpe, son sac. Elle a dit :

– C'est à cause de son match, tu comprends ?

Je lui ai fait un clin d'œil.

– Mais oui, bien sûr, t'inquiète !

Elle est partie en trottant derrière lui sur ses talons de dix centimètres, les cuisses retenues par la jupe serrée, en miaulant « Attends-moi, attends-moi, Mickaël, oh, atteeends ! ».

Je les ai observés un moment. Il marchait sans se retourner, pour bien montrer qui était le maître. Elle suivait, comme un toutou.

Je me suis demandé ce qui se serait passé si elle ne s'était pas levée après qu'il a dit *deux*.

Si elle était entrée en résistance.

Mais ça ne risquait pas : les tyrans ont du flair pour trouver leurs esclaves.

Combien de gens s'abonnent au malheur, tout seuls, comme des grands, et ne résilient plus jamais l'abonnement ?

Quelques jours après, je suis restée en ville, le soir.

Je suis allée manger un kebab chez Ilhan, à côté de la gare.

Il y avait un petit groupe de musiciens, un trio : deux qui jouaient de l'oud, un qui jouait du saz. Trois beaux types jeunes, au regard sombre, complètement concentrés sur leur jeu. J'en aurais bien gardé un avec moi, pour finir la soirée.

Avant, je n'arrivais pas à écouter la musique orientale plus de cinq minutes, je trouvais ça geignard, plaintif. J'ai appris à l'aimer en Allemagne. Je bossais avec des Turcs dans une blanchisserie, je logeais avec eux, et la nuit ils faisaient des concerts dans le squat.

La vie m'apprend de force, et c'est tant mieux.

Ensuite, avant de rentrer, je suis allée prendre un demi au pub, à côté de la gare.

C'était calme, à part deux braves types un peu saouls dans le fond, pas du genre à chercher des ennuis. Et il y avait aussi ce couple, plutôt âgé, qui chuchotait derrière l'aquarium.

Je les ai déjà vus plusieurs fois.

La serveuse m'a dit qu'ils jouaient dans une troupe d'amateurs qui se produit dans des centres sociaux. Ils viennent souvent ici, pour répéter leurs textes. Ils sont marrants, elle surtout. Une fois, je les ai entendus réviser une scène d'amour, elle n'arrêtait pas de prendre des fous rires. Et lui qui râlait :

– Merde, Jeannie, concentre-toi ! Bon, je reprends, tu enchaînes, OK ? *... et je suis à l'abri de leur inimitié.*

– *Je ne voudrais pas pour le monde entier qu'ils te vissent ici...* Pfff ! Tu te vois, vissé sur la chaise ? Héhé ! Où est le tournevis ?

– Mais c'est pas vrai ! Tu es une vraie gamine, on n'y arrivera jamais !

– Parle pour toi, moi j'y arrive encore très bien ! Héhé !

– Jeannie, je te préviens : si tu continues, je te plante là et tu t'expliqueras avec Gilles, à la répétition !

– Oui, oui, mon Roméo. Bon, je me calme. Attends... Pffff. Bon, allez, j'y vais : *Je-ne-voudrais-pas-pour-le-monde-entier-qu'ils-te-vissent-ici.*

– Ni qu'ils me vissent ailleurs, ça doit faire trop mal !

– Là, voilà ! Maintenant c'est toi qui fais l'imbécile !

– Aussi, nous faire jouer Roméo et Juliette, à nos âges ! Franchement, de quoi on a l'air !

– Tu veux vraiment que je te le dise ?

Ce soir, ils étaient dans une scène moins drôle, une dispute, et visiblement ça leur prenait la tête. Le vieux râlait, comme toujours. Il essayait de dire, de toutes les façons : *Je vais te quitter, tu comprends, ne cherche pas à me retenir.*

– Désolé, je n'y arrive pas ! *Atone et détaché*, il faut dire ça de façon « atone et détachée ». *Je vais te quitter, tu comprends, ne cherche pas à me retenir.* Et merde !

Elle disait que d'accord, ce n'était pas toujours facile, ce théâtre contemporain, mais que bon, une fois monté, ça ferait un super-spectacle, c'était sûr. Elle essayait de donner sa réplique :

– Je m'en doutais, je le savais, je crois que je l'ai toujours su. *À mi-voix, et avec réserve.* Mmmoui… C'est vrai que ce n'est pas évident. Bon, on se la refait plusieurs fois, celle-là, je ne la sens pas trop, moi non plus.

– OK. Je vais te quitter… Je vais te quitter, ne cherche pas, tttt ! non… Je vais te quitter, tu comprends, ne cherche pas à me retenir…

– Je m'en doutais, je le savais, je crois que je l'ai toujours su.

Moi, je m'étais installée au bar, tournée de trois quarts pour ne pas les gêner, mais pour ne pas en perdre une miette non plus. Je ne suis jamais allée au théâtre, sauf une fois quand j'étais au collège. Ça m'impressionne de voir des gens enfiler une autre peau que la leur, comme ils mettraient un pull. Faire semblant de vivre une autre vie, là, devant nous, et arriver à nous convaincre que la porte du fond donne vraiment sur le boulevard, et que celle de droite ouvre sur le jardin. Je trouve ça beaucoup plus fort qu'au cinéma, en fait, parce qu'il n'y a pas d'effets spéciaux, pas de zoom et pas de plan large, pas de musique en fond sonore. Juste deux trois acteurs sur des planches, devant un décor peint. Des hommes et des femmes, à trois mètres de nous, qui parlent avec des mots que personne ne dit. Des mots rares ou anciens, qui riment souvent entre eux mais qui parfois ne riment à rien.

Et qui font malgré tout venir les larmes aux yeux.

C'est comme dans la vraie vie, le théâtre, il n'y a pas de bout d'essai, on ne peut pas dire « On la refait ! ». Quand le rideau se lève, il faut y aller.

Courage.

J'en étais là de mes réflexions lorsqu'en me retournant pour boire mon demi, j'ai vu le reflet d'un type dans la glace, derrière le comptoir, en face. En fait, il s'était assis sur un tabouret, juste à côté de moi. Il m'a fait un sourire, et il m'a dit « Salut ».

J'ai tourné la tête vers lui. J'ai eu du mal à le reconnaître, sans doute parce que je ne m'attendais pas à le trouver ici. Sans doute aussi parce que je ne l'avais aperçu que de loin. Pourtant je l'avais déjà vu plusieurs fois, mais à un seul endroit, toujours le même : au bord du canal, assis contre son arbre, à faire des ricochets dans l'eau.

Il faisait un peu plus jeune, de près. Sûrement pas loin de la trentaine, malgré tout.

Il avait une jolie bouche, des yeux timides, clairs. Des cheveux bruns, trop longs pour sa figure maigre, un grand nez, des sourcils épais. Pas vraiment beau, ça non.

Intéressant quand même.

Pendant qu'il me parlait, je voyais dans son œil cette expression que je connais déjà pour l'avoir souvent vue. Ce regard qui ne m'était pas réellement destiné, qui s'adressait à celui qu'il croyait avoir en face de lui. À cet autre qui n'est pas moi. Il n'avait pas compris que j'étais une femme. Il me prenait pour un ado, et j'ai préféré laissé s'installer la méprise.

Pas envie de parler, ce soir. De me faire draguer, encore moins.

On a échangé deux trois mots. Je lui ai payé son café, je l'ai entendu dire « Merci », d'une voix sourde, je n'ai pas répondu.

Je suis rentrée dans la nuit, sous la pluie, avec un sentiment de liberté étrange.

L'impression d'avoir le rôle principal de ma vie, et d'aimer ça.

J'ai décidé d'emmener Roswell se promener, lorsque je serai libre, tous les jours de beau temps d'ici à mon départ.

Je ne sais pas si j'ai raison.

Je le sors, je lui fais croire qu'il y a des horizons, on se balade au bord de l'eau, il me chante des couacs de sa composition, parfois je le fais taire pour profiter un peu des oiseaux.

S'il en reste.

Il y a les deux glandeurs posés sur l'autre rive.

La vie s'écoule, au rythme du canal.

La mienne va, et la sienne s'enlise, comme les tas de canettes que l'autre gros taré balance l'une après l'autre avec application, sûrement pour colmater le fond.

Roswell est amarré à la mauvaise rive.

Et moi je passe, je dérive.

Ma vie flotte comme un bouchon.

On a fait quelques promenades, toujours du même côté du canal, sans revoir les deux abrutis. Roswell prend goût à ces sorties, parfois même il me les demande.

Je m'y fais bien aussi, je crois. J'aime le calme au bord de l'eau.

Lorsqu'on est partis, ce jour-là, Marlène était en train d'arroser ses géraniums. Il faisait presque chaud. Elle portait un tee-shirt à lanières croisées dans le dos, qui lui boudinait le lard et la bridait comme un rôti.

Elle nous a regardés remonter l'allée jusqu'au portail, elle a rappelé Tobby parce qu'il voulait nous suivre, et elle s'est remise à l'arrosage, en sifflotant une chanson de Sardou.

Cela fait plusieurs jours que je ne l'entends plus parler avec Bertrand de ses projets d'aller perdre Roswell, mais je ne suis pas toujours là, il faut dire. Je reste de plus en plus souvent en ville, je ne rentre qu'à la nuit, je vais au pub ou chez Ilhan. Un des joueurs de oud me plaît bien. Il s'appelle Kaan. Il a un joli corps. Des yeux tendres, un peu tristes.

Je le console avec plaisir.

Quand je rentre, je lis des polars, et je m'endors. Et le lendemain matin, quand je suis libre, je m'occupe de mes lessives, et je ressors avec Roswell.

Comme je commençais à en avoir assez de toujours passer par le même chemin, j'ai décidé d'essayer l'autre rive. Tant pis si on devait croiser le jeteur de canettes et son copain aux cheveux longs. De toute façon, en le voyant de plus près, l'autre soir, au pub, j'ai bien compris que c'était un gentil. Pas de raison de s'en faire. Je l'ai aperçu depuis, deux fois, en promenant Roswell. Il m'a fait un vague salut de la main, quand je suis passée devant eux, de l'autre côté du canal. J'ai répondu d'un hochement de tête.

Son gros copain a cessé de m'aboyer dessus. Dommage, c'était bien sympathique.

Je me suis engagée sur la berge de droite. Elle était nettement plus large que l'autre, avec de petites clairières en pelouse par endroits, toutes cloutées de pâquerettes.

Roswell était content, il moussait sur ses doigts.

Les coussins que j'avais rajoutés au chariot lui permettaient de rester bien calé, confortable, sans s'écrouler d'un côté ou de l'autre au premier cahot du chemin.

Côté berge, c'était plein de touffes d'ajoncs. En avançant, on faisait s'envoler les oiseaux.

J'ai vu deux silhouettes, assises sous le pont. J'ai compris un peu tard qu'il s'agissait des deux racailles. Je ne les avais plus revus depuis notre première rencontre. Ils avaient dû profiter de l'absence des autres pour squatter leur emplacement.

J'ai fait demi-tour, le plus discrètement possible. Ils ne nous avaient pas remarqués.

Et c'est là que Roswell, qui se taisait enfin depuis dix bonnes minutes, a entonné avec entrain un de ses célèbres solos. J'ai eu beau lui dire *Chut !*, c'était trop tard, bien sûr.

J'ai entendu une voix s'écrier :

– Eh, c'est le singe, mate !

Puis tout de suite après :

– Hé, mec ! Oh ! Hé ?! Attends !

Il y a eu des bruits de pas qui couraient, des rires, une respiration essoufflée dans mon dos.

Le plus petit nous a dépassés, il s'est arrêté devant moi pour nous barrer la route. J'ai senti la main du second me serrer brusquement l'épaule.

Je me suis dégagée d'un geste sec. Il a rigolé.

– Oh, putain, t'es nerveux, toi !

Le petit avait une tête de fouine, les dents en avant, un regard délavé, à la fois méchant et vide. Il marchait, jambes arquées, comme s'il avait oublié son cheval au saloon, ou mis des couches pour bébé sous son futal trop grand dont le fond pendait à mi-cuisses.

Il devait trouver ça viril. Il avait surtout l'air très con.

Il s'est accroupi devant Roswell, on aurait dit qu'il regardait un animal, derrière les grilles d'un zoo. Il a dit à son pote :

– Putain, viens voir de près !

L'autre m'a relâchée, il a fait le tour du trolley. Il avait de petits yeux noirs rapprochés, les cheveux rasés sur les côtés, une touffe de poils pubiens décolorés en blond platine sur le sommet du crâne. Des tatouages dans le cou, la figure grêlée de traces d'acné. Il a souri, j'ai vu qu'il avait une dent cassée en biseau, sur le devant.

Je me suis rapprochée de Roswell, pour le rassurer, et le protéger si besoin.

– Tu sais que t'es moche, toi ? lui a dit le grand, d'une voix faussement gentille.

Venant de lui, ça aurait pu être drôle. Mais en fait, ça ne l'était pas.

Roswell s'était arrêté de chanter, il regardait les deux minables, tantôt l'un tantôt l'autre. Tout d'un coup, il a tendu les deux mains en avant, recourbées comme des griffes, il a fait *Grrrrr* ! d'une petite voix.

Les deux bouffons ont éclaté de rire.

– C'est bon, foutez-nous la paix maintenant.

Je tentais de garder un ton calme, montrer que je n'avais pas peur d'eux.

Le plus grand s'est relevé, il m'a toisé de toute sa hauteur, il me dépassait de deux têtes.

– T'as un problème, petit pédé ? Ça te fait chier qu'on le mate, ton singe ?

Ça a fusé :

– Connard.

Sa gifle est arrivée aussi vite, et j'en ai eu les larmes aux yeux.

Le petit se désintéressait de la scène, il débitait des conneries à Roswell, lui demandait s'il voulait un susucre, s'il savait faire le beau.

J'ai repoussé le grand, j'en ai repris une autre. Et une autre. Et une autre.

J'essayais de ne pas me laisser gagner par la panique, de balancer ce fameux coup de genou dans le bas-ventre que toutes les filles apprennent en théorie dès qu'elles sont gamines mais que, quels que soient leurs fantasmes, elles ont rarement l'occasion de placer.

Il me poussait, me cognait en désordre, en me gueulant dessus d'une voix éraillée.

– Tu cherches la merde, enculé ?!

J'avais beau me garer, ça me pleuvait sur la tête, les épaules, dans les côtes, il frappait n'importe où, à grands mouvements de bras pas vraiment efficaces, comme un qui ne saurait pas se battre. Et puis soudain j'ai reçu un coup très violent et brutal, sur un sein, qui m'a sciée en deux. Par réflexe, j'ai donné un grand coup de tête en avant, au jugé. J'ai eu l'impression d'avoir heurté un mur avec le front, le grand a hurlé d'une voix étouffée, en plaquant sa main sur sa bouche :

– Putain de ta race, je vais te niquer la gueule !

Il saignait de la lèvre et du nez. Mon crâne me faisait un mal de chien, ça cognait jusque dans la nuque.

L'autre était en train de tirer Roswell à plat ventre sur l'herbe, vers le canal.

Je me suis précipitée, le grand m'a rattrapée par mes fringues, mon blouson lui est resté dans les mains, il a agrippé mon tee-shirt qui m'est passé par-dessus la tête, en essayant de me dégager.

Je me suis retrouvée pratiquement à poil.

Le grand a gueulé :

– C'est une meuf, enculé !

La fouine a lâché Roswell d'un seul coup, comme s'il venait de se prendre une décharge électrique. Il s'est tourné vers moi.

J'avais mal à la tête, ma paupière droite gonflait et commençait à me gêner pour y voir.

J'ai réajusté mon tee-shirt. J'ai beau ne pas avoir de seins, il faut croire que j'en ai quand même. Le grand s'est mis à rire, en me tordant un bras dans le dos pour m'empêcher de me barrer. Le petit s'est approché de moi, de sa démarche de cow-boy ridicule qui ne me faisait plus tellement rigoler. Il a sorti un cran d'arrêt de sa poche, en prenant bien son temps.

– On va bien se marrer, salope, il a dit.

Roswell essayait de se relever, je savais que c'était impossible.

Il devait être fou de peur et, bizarrement, j'étais plus inquiète pour lui que pour moi.

Le grand s'est plaqué contre moi par-derrière, j'ai senti une lame aiguë forcer la peau du cou à l'angle de ma mâchoire. Un seul geste de trop et il me saignerait. De sa main libre, il a relevé mon tee-shirt, il m'a pelotée d'un geste machinal, en me disant que j'étais bonne, que je le faisais kiffer à mort. Pendant ce temps, l'autre défaisait un à un les boutons de son jean, tranquillement, de la main gauche, sans lâcher sa lame de l'autre.

J'ai pensé : « Bon, nous y voilà. »

Et soudain, il y a eu ce bruit sourd. Le grand a poussé un gros soupir au creux de mon oreille, et il m'a entraînée brusquement avec lui en arrière. J'ai cru que c'était pour me plaquer au sol, début du festival, mais non, il venait seulement de tomber comme une masse.

L'autre l'a regardé s'effondrer avec un air stupide. Dans mon champ de vision, j'ai vu voler quelque chose vers lui, très vite. Il a gémi, il a fait le geste de porter ses mains à sa tête, et il s'est écroulé sur la culée du pont.

Je me suis dégagée des pattes du grand pour me relever en vitesse et je me suis retournée.

Le gros, un carton de Kro à ses pieds, tenait encore une canette à la main. Il s'est tourné vers celui qui s'appelle Cédric, il a laissé tomber :

– Ben voilà ! Maintenant, tu vois à quoi ça sert, la précision !

– Là, je dois reconnaître… Ceci dit, m'est avis qu'ils sont morts, sur ce coup.

– Qu'est-ce qu'on en a à foutre ? On les pousse au canal, ça manquera à personne.

Cédric a hoché la tête. Il a dit :

– Quand même, tu as fait fort ! Une canette en pleine gueule, ça doit pas t'arranger quelqu'un !

– Surtout quand elle est pleine, a répondu le gros, tranquille. D'ailleurs faut que je les récupère, j'espère qu'elles auront pas souffert du choc.

À cet instant, le grand a remué, en gémissant. Posément, le copain de Cédric est allé prendre le couteau dans la main du cow-boy, qui était à peine en train de sortir des vapes. Avec une souplesse étonnante, il est revenu s'asseoir sur le grand, qui a fait *Ouchhh !*

Il doit peser plus de cent vingt kilos, ce type.

Il a posé la pointe de la lame juste sous l'œil de l'autre, qui ne pouvait plus bouger, ni respirer, non plus. Il a dit d'une voix douce :

– On se comprend, pas vrai ?

L'autre a hoché la tête, mais à peine, prudent.

– Tu pourras expliquer à ton pote, alors ? OK ?

– OK ! a expiré l'autre, dans le peu de souffle qui lui restait.

Le gros s'est relevé, et il a dit.

– Dégage.

Le grand s'est relevé en se tenant le crâne, puis il est allé ramasser son copain, qui avait visiblement une arcade explosée. Il commençait tout juste à retrouver ses esprits, mais il s'est mis quand même à insulter le gros, et lui a ordonné de lui rendre son couteau, sale pédé de ta race.

Le gros a fait sauter une canette dans sa paume, en le fixant sans rien dire, les yeux à demi fermés, pour l'intimidation. On aurait dit un western au houblon.

Les deux petits connards en mousse se sont barrés en nous faisant un doigt, mais sans demander leur reste. Je connais des endroits où froncer les sourcils, ça n'aurait pas suffi.

C'était de la racaille au rabais. J'en ai croisé des pires.

En repassant devant moi, le gros a eu un sourire un peu gêné.

Il a dit, d'une voix très douce :

– Je m'appelle Olivier.

– Moi, c'est Alex.

– Et hoi, sscc'hhest Schjjjérard ! a dit Roswell, toujours à plat ventre, à trois mètres de nous, la tête tournée de l'autre côté.

On s'est précipité vers lui. Il était affalé en tas, la bouche à moitié remplie d'herbe, un bras coincé sous lui, l'autre replié dans le dos.

Il a ajouté, en articulant bien :

– Schhanschhheff. Schjjjérard Schhanschhheff. Dizzhhhuitt ssche-hin dé-zjéccluzjes.

Il y a eu un silence.

Enfin, le gros a dit :

– OK.

Et quelques secondes plus tard :

– Ben, salut Gérard. Moi c'est Olivier. On m'appelle le Mérou.

– Et moi, c'est Cédric.

Roswell a répondu :

– Ens-schan-khhé !

Et il a ajouté quelque chose, en rigolant :

– Hein ? a fait le Mérou.

– Il dit qu'il ne vous serre pas la main, mais que le cœur y est.

Le Mérou s'est marré, Cédric aussi.

– Ben, on va fêter ça, alors ! a dit Le Mérou en se décapsulant une canette.

C'était justement celle qu'il avait fait sauter plusieurs fois dans sa main.

Cédric et le Mérou ont aidé Roswell à se rasseoir sur le trolley.

– C'est pas con, ton système ! a dit Cédric, en faisant le tour du chariot. T'as trouvé ça où ?

– Dans le garage des gens chez qui je loue. Je l'ai juste un peu bricolé pour le rendre plus confortable, c'est tout.

Le Mérou ne disait rien, il contemplait Roswell. Il semblait fasciné, et je me souvenais très bien de ce que j'avais ressenti, moi, la première fois que je l'avais vu.

Un être aussi différent, aussi moche et difforme, comment ne pas être hypnotisé ? Impossible de ne pas poser les yeux sur lui, de faire comme si de rien n'était. Trop dur. Réagir comme si tout allait bien, comme s'il était normal, ce serait gommer Roswell de la surface de la Terre, nier le peu qu'il a : ce look pas racontable, qui fait de lui un être unique au monde. Introuvable ailleurs qu'en trolley de couleur, sur un bord de canal.

Le regard du Mérou n'était pas dégoûté, c'était plutôt de l'incrédulité. Et ce genre de malaise que l'on peut ressentir lorsqu'on se sent largué, seul face à l'inconnu.

Roswell, c'était une équation.

Et l'autre, calé sur ses coussins comme un roi fainéant, se foutait complètement de l'opinion des gens. Il était en train d'observer une nichée de poules d'eau qui suivaient sagement leur mère.

Cédric s'était assis près de moi.

Je me sentais les jambes en coton. Le contrecoup, certainement. J'avais un œil à demi fermé à cause du cocard. Mon tee-shirt était déchiré à l'encolure, ça me brûlait au pli du cou. J'ai passé la main, doucement, ma peau était humide, sensible, ça collait un peu sur les doigts. J'ai demandé :

– Je saigne ?

Cédric a regardé de plus près, il a secoué la tête.

– Non, t'as la peau arrachée, et c'est rouge, c'est tout. Demain, tu auras des croûtes.

– Probable !

Il a demandé, tout d'un coup, un peu brusque :

– À part ton cou, là… Est-ce qu'ils t'ont… Enfin, tu vois ce que je veux dire.

– Non, non, ça va. Merci, au fait, parce que sans vous deux…

– C'est bon. En plus, j'y suis pour rien, c'est le Mérou, le héros du jour !

Il a souri, il a ajouté :

– Et puis ça fera pour le café de l'autre soir, comme ça !

Et tout de suite après :

– Alors, comme ça, t'es une fille ?!

– Oui, pourquoi, ça ne se voit pas ?

Il a rougi, et il a bafouillé :

– Euh, si, si ! Mais… Enfin, je… Je voulais pas dire que… Au pub c'est trop mal éclairé, tu vois ! Et sinon, je t'avais vue que de loin, alors, du coup…

Il a laissé encore deux trois phrases en suspens et je l'ai écouté se noyer, sans rien dire.

Enfin, j'ai répondu :

– C'est bon. Tu me devras juste un autre café pour la peine.

Il s'est marré.

– Tu te fais pas chier, toi ! On te sauve la mise et encore c'est moi qui dois payer un coup ?!

– Oui. Et puis si tu insistes, ça fera un demi, en plus.

– Oh, pour ça, on a de la réserve. Le Mérou sort jamais de chez lui les mains vides !

On a un peu discuté, Cédric et moi. Je sentais que je l'intriguais, qu'il voulait en savoir davantage, et comme c'était sans insistance, j'ai parlé de moi volontiers. Il semblait étonné de la vie que je mène. Je pense que ça ne doit pas tellement le brancher, il a l'air plutôt sédentaire. Il a parlé de lui, pas trop. Il m'a laissé entendre qu'il n'avait vraiment rien d'intéressant à dire. Puis on a fini par se taire.

Olivier s'était assis à son poste, quelques mètres plus loin, il était en train d'expliquer à Roswell son projet de barrage, tout en vidant ses bières.

Il lui montrait comment remplir les canettes au canal, avant de les lancer, parce que sinon elles flotteraient, elles seraient trop légères. Il lui parlait de la technique et de la précision, qui doivent tenir compte de la force et de la direction des vents. Un vrai cours d'aérologie.

Roswell disait *Ssschhuper !* toutes les deux minutes, et lorsque l'autre envoyait une canette au milieu du canal, il éclatait de rire et il applaudissait à sa façon, en tapant sa main droite sur son avant-bras gauche. À la fin, Olivier lui a proposé d'essayer, lui aussi. Roswell s'est mis à hennir de joie. J'ai bien cru qu'il allait se manger tous les doigts.

Il répétait :

– Zjje hais has y arri-ffher !

– Pourquoi tu y arriverais pas ?

– Harche ke zjje hais rien fair-he !

– Ben moi non plus, je sais rien faire, et ça m'a jamais empêché !

L'autre a mis d'autorité une canette pleine de flotte dans la main de Roswell, il lui a serré les doigts autour, ce qui n'était déjà pas simple.

Ensuite, il lui a fait décomposer le geste, en le tenant doucement.

– Tu balances ton bras, ouais, comme ça, mais plus fort. Tu peux pas faire un peu plus fort que ça ? Ah, tu vois, quand tu veux !... Et là, quand tu es en bout de course, hop, tu lâches tout. Facile !

– Schh'est hhien, comme sccha ?

– Ouais, c'est bien. Mais si tu veux lâcher, vaut mieux ouvrir les doigts, OK ?!

Cédric m'a regardée en se marrant, et il a dit :

– Putain, c'est pas gagné !

– Non, ça, c'est sûr ! En même temps, c'est rare qu'on s'intéresse à lui !

– Au Mérou, tu veux dire ?

– Non, à Ros… à Gérard.

– Ah, OK. Ben au Mérou non plus, si tu veux tout savoir.

À ce moment-là, Olivier s'est mis à gueuler, comme un coach :

– Balance ton bras, balance ! Balance ! Allez-allez-allez-allez-ALLEZ ! Lâche tout, putain ! LÂCHE TOUT !

Roswell a vidé la moitié de la flotte sur ses genoux, mais par je ne sais quel miracle il a réussi d'un coup à desserrer ses doigts et la canette a atterri dans l'herbe à trente centimètres de ses pieds. Ensuite, elle a roulé mollement sur la pente et elle a fini sa course dans l'eau, avec un petit plouff discret.

– Cool ! a dit Olivier.

Cédric a applaudi.

Roswell nous a chanté son air de la victoire.

Et ça, c'est une chose qu'il faut avoir entendue au moins une fois dans sa vie.

Secouage de plumes

Dans la même semaine, je me suis engueulé avec mon père qui n'a plus qu'une envie : me voir voler de mes propres ailes dans un autre couloir aérien que le sien ; j'ai raté lamentablement deux entretiens d'embauche pour des boulots dont je n'aurais pas voulu mais qui m'auraient quand même dépanné et que je suis humilié de ne pas avoir eu, et je suis arrivé à la conclusion que, globalement, j'ai une vie de merde et un futur sans avenir.

Et pour tout arranger, j'ai appris par mon frère que Lola, ma Lola, est enceinte.

J'ai pris ça comme un coup de poignard entre le foie, le cœur et l'amour-propre. Dans un endroit super-sensible à la douleur, en fait.

Je n'arrive pas à y croire.

On en a parlé un milliard de fois, elle et moi, de ce bébé qu'on allait faire ensemble. On en parlait pour rigoler, bien sûr, mais on cherchait quand même des prénoms. On se voyait en train de pouponner, on trouvait ça trop naze, ça nous faisait marrer, et pourtant ça mettait un quelque chose en plus quand on faisait l'amour, certains jours.

Alors penser qu'elle est en train de couver un gamin dont la moitié des gènes provient d'un vrai blaireau, ça finit de me foutre en l'air. Et puis surtout, surtout, ça signe l'arrêt de mort de mes rêves amoureux.

Lola et moi, c'est fini, terminé. Enterré.

Je le savais déjà, mais la vie me le prouve. Et je ne lui avais rien demandé.

J'ai essayé d'en parler au Mérou, mais bon, vu sa philosophie de l'existence…

Il a levé un sourcil, à peine, tout en continuant d'empiler des cartons d'amplis coréens dans l'arrière-boutique du magasin de son père, et il a répété machinalement :

– Enceinte ?

J'ai lâché « Oui », d'une voix étouffée de rage.

Il a fait :

– Ah bon, OK. Super !

Je l'ai dévisagé comme s'il était fou. Comment ça : « super » ?

Mais lui, pas bilieux, il enchaînait déjà, sans même me regarder :

– Et c'est pour quand ?

Qu'est-ce qu'on en avait à foutre, pour quand c'était ? Je lui disais pas ça pour qu'il prévoie les faire-part, d'autant que c'était pas lui le père.

Et lui, qui en rajoutait :

– Et c'est quoi, elle le sait ? Un garçon ? Une fille ?

– Pourquoi ? Tu comptes tricoter la layette ? j'ai dit.

Il a fini par sentir que j'étais énervé, il a reposé le carton qu'il tenait dans ses bras et m'a dévisagé, de ses gros yeux étonnés.

– Ben quoi, ça te fait chier, qu'elle attende un gamin ?

J'ai répondu que non, tu parles, j'en avais rien à foutre, ah ah, c'était juste une meuf avec qui j'étais sorti quatre ans, pas de quoi en faire une attaque.

J'avais envie de le lester avec ses canettes et d'aller le noyer au canal.

– Ben, on dirait que ça te fait chier quand même, a laissé tomber Freud.

– Ouais, juste un peu, si tu veux tout savoir !...

– Mais qu'est-ce que t'en as à carrer ?! C'est fini, elle et toi !

Je me suis senti seul, d'un coup.

Il avait raison, le Mérou. Lola et moi, c'était fini, et ça datait pas d'hier, la rupture.

Fallait passer à autre chose, tirer un trait, tourner la page.

Le genre de phrases vérolées qui me donnent de l'eczéma, et que je fous dans le tiroir « Comment détester mes amis », avec les classiques du genre : *Moi à ta place - Si j'étais toi - Je te l'avais bien dit - T'es pas le seul à qui ça arrive* (ou : « *T'es pas le premier* », variante…) - *Ça passera - Faut prendre sur toi - Ça pourrait être pire…*

Tourner la page. OK.

Seulement, j'avais beau faire, dans les rues je ne voyais plus que des filles avec des ventres ronds. Et puis des landaus, des poussettes, des peluches et des biberons. La ville entière s'était changée en putain de maternité. Une ville remplie de futurs et de nouveaux papas, avec les yeux humides de fierté imbécile, des sourires crétins, du bonheur en veux-tu en voilà.

Et moi, je traînais mon cafard solitaire et stérile.

Tourner la page, ça ne suffirait pas.

Le mercredi soir, le Mérou m'a envoyé un texto, vers neuf heures : « tro cool ».

Je me suis traîné chez lui, juste après le repas, vaguement intrigué.

Le Mérou ne s'emballe jamais. Il n'est jamais fâché de rien non plus, d'ailleurs. Il a l'émotion suisse, et l'enthousiasme neutre. Alors pour qu'il trouve quelque chose « trop cool », ça devait être un scoop !

Quand je suis arrivé devant le magasin, *Chez Lemauroux, des prix doux, des prix fous !*, il était adossé à la porte du garage, il souriait tout seul. Rien que ça, ça paraissait louche.

J'ai à peine eu le temps de lui dire salut, il a fait :

– J'ai hérité.

– Hein ?

– J'ai hérité. De mon grand-oncle.

– ?...

– Putain, j'ai fait un héritage, quoi !

J'allais lui demander « Combien ? », quand il a ajouté :

– Viens voir.

Il a levé à demi la porte basculante, il est passé dessous, et il est allé allumer près de la porte du fond, qui donne sur le magasin. Je l'ai suivi. J'ai entendu le clic de l'interrupteur, la lumière a inondé la pièce, les murs en parpaings de béton, les cartons, le matériel, les étagères, la bagnole de ses parents, la table de ping-pong gondolée sur les bords et puis les vieux vélos de ses deux frangines et lui, quand ils étaient petits.

Et en plein milieu, l'héritage.

Un beau side-car, tout noir avec des flammes rouges, avec une remorque attelée.

Le Mérou est revenu vers moi, avec une tête d'homme heureux que je ne lui avais encore jamais vue, et qui semblait louée pour l'occasion.

Il s'est adossé au mur en parpaings de béton, il a dit :

– Mon grand-oncle me l'a légué. Il a laissé une lettre à mon père, avant de partir à l'hôpital. Il savait qu'il était foutu. Du coup, il a distribué tout ce qu'il avait entre nous, mes parents, mes frangines et moi. Il avait pas de gosses.

Je l'avais rarement entendu faire une phrase aussi longue

Il a repris :

– C'est à *moi*, tu comprends ?! Putain, j'en avais envie depuis que j'ai dix ans ! Tu as vu la classe, un peu ? Approche ! Mate ça !

Je n'y connais rien, et d'ailleurs je m'en tape, il devrait le savoir. Mais je sentais bien qu'il fallait s'extasier, alors j'ai fait le tour de la meule, à pas lents, et j'ai dit d'un air entendu :

– Ça, c'est clair ! T'as raison, il est cool ! On dirait qu'il est neuf.

– Tu m'étonnes ! Il avait refait la peinture lui-même, il y a moins de deux ans. Il a dû y passer des heures, c'était un vrai maniaque ! C'est une Yamaha XS 1100, avec une fourche à balancier. Ça tourne comme un moulin, tu verras.

J'ai jeté un coup d'œil à l'intérieur du side.

– C'est pas bien grand, j'ai dit.

– Tu rigoles ?! C'est un Janiel Condor. Une place et demie. Et même deux, pour des gens qui s'aiment.

Le Mérou est resté un moment à contempler l'engin, sans dire un mot.

Dans ses yeux, il y avait une lueur de tendresse.

– Il nous emmenait balader, mes sœurs et moi, quand on était petits. Moi je montais derrière, et mes sœurs dans le panier. Je t'ai raconté, déjà.

J'ai fait : « Oui ».

C'était vrai qu'il m'en avait parlé, et souvent même, de ce fameux side-car et des virées avec son oncle, quand il allait en vacances chez lui, je ne sais plus trop où. Pays basque, je crois.

– Il a fait toute l'Europe avec ! Toute l'Europe, de l'Espagne au cap Nord. C'était un vrai cinglé, mon grand-oncle. Mais on se marrait bien, avec lui.

J'ai dit :

– Faut un permis moto, pour conduire ça, non ?

– Ben oui. Je l'ai déjà.

– ?...

Le Mérou m'a regardé, il a levé un sourcil, il a soupiré :

– Quoi ?

– … Sans déconner ? Tu as le permis moto, toi ?!

– Auto, moto, poids lourd et transport en commun.

Et j'en avais rien su. Il m'en avait rien dit.

D'accord.

J'étais blasé.

Autant, dans deux minutes, il allait m'annoncer qu'il venait de s'inscrire dans un concours de smurf, qu'il avait deux gamins ou qu'il jouait au squash.

Je n'ai pas pu m'empêcher de demander quand même :

– Mais… pourquoi t'as passé tous ces permis, toi ? Pour quoi faire ?

Il a haussé les épaules.

– Pour rien. Pour les avoir.

Et il a ajouté :

– Qu'est-ce qu'on en a à branler, franchement ? Faut fêter ça, c'est tout ! Ça te dit, une bière ?

Le lendemain matin, vers les presque midi, on est partis faire un petit tour d'essai avec son héritage. Je m'étais carré dans le side – le Mérou avait insisté – et je priais dans tous les virages pour qu'on évite les platanes, parce que j'étais certain d'y laisser mes genoux.

Une place et demie, d'accord, mais pas dans la longueur. Pour un peu j'aurais pu me poser le menton entre les deux rotules.

Le Mérou avait mis le casque de son grand-oncle, qui faisait partie de la succession. Pour le cuir, pas moyen, le format n'était pas le même. Il a enfourché sa trapadelle, elle s'est tassée sous son poids avec un soupir résigné. Et quand je l'ai vu régler ses rétros et se trémousser un peu pour caler son gros cul qui débordait de la selle, je me suis dit qu'il avait de l'allure, quand même, mon Mérou, avec sa barbe de trois jours qui ne pousse jamais vraiment, son casque à flammes rouges, son tee-shirt XXXXL qui le moule au niveau du nombril, et ses bottes pointues.

– Un vrai biker ! j'ai dit.

Il a levé les yeux au ciel. Il a lâché :

– Fous-toi de ma gueule.

Mais je savais qu'il était content.

Je me sentais presque jaloux. Pas de la moto, non. De cette liberté nouvelle, pouvoir aller où il voudrait, quand il voudrait, à partir d'aujourd'hui, sans rien demander à personne.

On a roulé sur la départementale, tranquille, le temps qu'il prenne le side en main, parce que ça ne se conduit pas comme une trottinette.

Je levais la tête vers lui de temps en temps, je le voyais concentré, une mèche de cheveux flottant sur la visière, le geste à peu près sûr, la conduite coulée. Mais je revenais aussitôt à la route, persuadé de voir la mort se pointer au prochain carrefour, vu que le side, si tu n'as pas ça dans le sang, ça te le fait cailler, et grave.

Puis, je ne sais pas pourquoi, je me suis pris au jeu.

Ça vibrait de partout, je sentais tous les cahots, c'était le vrai confort de guerre, et si je gardais la bouche ouverte, mes dents s'entrechoquaient à me péter l'émail, mais c'était cool quand même. Ça faisait un drôle d'effet d'être plaqué au ras du sol, ça amplifiait drôlement la vitesse, c'était flippant et planant à la fois.

Je me voyais dans un *road movie*, je me faisais la bande-son, je gueulais à tue-tête un vieux machin de l'autre siècle, coincé dans ma boîte de conserve.

Well I'm so tired of cryin' but I'm out on the road again - I'm on the road again.

Well I'm so tired of cryin' but I'm out on the road again - I'm on the road again.

I ain't got no woman just to call my special friend.

Moi non plus, je n'avais aucune fille que j'aurais juste pu appeler mon amie.

Mais pour l'instant, pour l'instant seulement, ce n'était plus mon problème.

Je me sentais bien, léger, et c'était déjà ça.

Le vendredi, on est allés continuer le chantier du Mérou au canal.

Enfin, lui. Moi, je suis seulement son coach en pyramides. Pour le reste, je venais faire comme d'habitude – parce qu'*I did it my way* – : regarder passer l'eau pour oublier de compter les secondes, faire des ricochets pour m'occuper la vie.

En arrivant sur le chemin, on a vu le jeune à la poussette en train de se faire casser la gueule par un des fumiers de l'autre jour. Son drôle de chariot était stationné quelques mètres plus loin. Le type déglingué qui est assis dedans d'habitude, était étalé par terre dans une position pas normale, qui lui donnait l'air plutôt mort. L'autre enfoiré, le plus petit des deux, était en train de le tirer par les jambes pour le balancer au canal.

Soudain, j'ai vu le jeune foutre un méchant coup de boule au grand. Il n'était pas du genre à se laisser faire, on le voyait bien. Je ne sais pas pourquoi, mais ça m'a fait plaisir. L'autre est parti en arrière, la main sur la figure, il devait avoir le nez complètement explosé, j'en avais mal pour lui, pauvre biquet. Mais il est revenu à la charge aussi sec, il a voulu agripper le jeune par son blouson, qui lui est resté dans les mains. Du coup, il l'a empoigné par le col du tee-shirt. Le jeune s'est débattu, il s'est barré à reculons, son tee-shirt lui est passé presque en entier par-dessus la tête.

Et c'est là que j'ai vu que c'était une fille.

Une fille ?!!

On croit connaître à fond ses vieux copains d'enfance. Lourde erreur.

Le Mérou, par exemple : à force de l'entendre répéter qu'il s'en fout, qu'il s'en branle, qu'il s'en bat les breloques ou s'en secoue les noix, j'ai fini par penser que c'était sa nature. D'ailleurs, mis à part son délire de trekking en montagne, je ne l'ai pas souvent vu s'emballer, depuis qu'on est sortis de l'école primaire.

Mais l'autre jour, devant son héritage, j'ai compris qu'il était vivant, qu'à l'intérieur de lui, ça tressaillait encore sous les couches de gras.

Et le second miracle avait lieu sous mes yeux, avec Gérard, l'handicapé à qui Alex fait prendre l'air quand le temps n'est pas à l'averse.

Déjà, j'avais été scié de voir le Mérou réagir, balancer une canette dans la tête d'un des deux rats d'égout. Le Mérou, il n'y a pas plus tranquille et pacifique. C'est vrai qu'il a été rarement ennuyé dans la vie, vu sa taille et son poids, même s'il était un petit peu plus mince quand il était gamin. Il n'a jamais été vraiment menu quand même et, comme tous les vrais grands et gros, même à l'école, on hésitait toujours à venir l'emmerder.

Et puis, il a une façon de regarder les gens, comment dire ? Ça désamorce.

Il a un calme contagieux.

Tout à l'heure, pourtant, il n'avait pas hésité un instant : je l'avais vu se changer en justicier du canal, sous mes yeux incrédules. Et maintenant, fallait le voir prendre la main tordue de Gérard, desserrer un à un ses doigts raides, en douceur, puis les appliquer patiemment autour d'une canette, leur donner une forme, un but. Fallait l'entendre lui expliquer le mouvement, en lui tenant le bras, pour bien montrer le geste.

Le Mérou, c'est un pédagogue.

Pour les constructions de barrages, en tout cas.

Et l'autre, qui se marrait comme une baleine en gueulant des « Super ! » toutes les cinq minutes, et en bavant comme un escargot.

Alex était assise près de moi, la tête un peu penchée. Elle les matait en douce, tous les deux, avec un petit sourire qui changeait carrément son allure. Je me suis souvenu du soir où je lui avais parlé pour la première fois, au bar, quand je croyais encore qu'elle était un garçon. Elle avait dû me prendre pour un con et, si c'était le cas, je n'avais rien à dire : dans l'ensemble, elle n'avait pas tort. Ceci dit, ce n'était pas pour me chercher des excuses, mais il fallait le savoir, que c'était une fille. Elle ne fait rien pour aiguiller les gens.

Pendant qu'elle suivait la leçon de lancer de canette, je l'observais du coin de l'œil. Maigre, musclée, des cheveux ultracourts, mis à part deux trois mèches qui lui mangent les yeux. Pas de seins, pas de hanches. Rien de très excitant, mais en même temps, c'est sûr, elle a un style. Je me demandais quel âge elle pouvait bien avoir : vingt-deux ou vingt-trois ans ?

Difficile à dire, et à voir.

Elle fait un peu punkette, avec son air blasé, ses piercings, ce bout de tatouage échappé de son col, qui me donne envie d'aller regarder de plus près, pour découvrir le dessin en entier.

Elle fumait sans arrêt des petites clopes qu'elle se roulait elle-même avec du gris à pipe. Je la sentais sur la défensive, bien calée dans les starting-blocks, et prête à mettre un vent au premier qui tenterait de se rapprocher d'elle. Une sauvage, une vraie.

Pourtant quand je la voyais regarder ce pauvre type plus enroulé sur lui qu'un trombone, je sentais bien qu'il la touchait, qu'elle ne s'en foutait pas.

Je n'osais pas lui poser de questions, mais le silence, ça m'angoisse. Je ne peux pas rester longtemps près de quelqu'un sans rien lui dire, j'ai l'impression de m'étouffer.

Alors on a parlé de ci, de ça.

Elle répondait avec des phrases courtes, qui se résumaient presque à « Oui, Non ».

Et puis, finalement, elle s'est détendue, elle m'a dit qu'elle avait trente ans, ça m'a séché, parce qu'elle ne les faisait pas. Je le lui ai dit.

Elle m'a répondu en rigolant que ne pas les faire, ça ne l'empêchait pas de les avoir.

Elle m'a résumé sa vie. Elle va partir bientôt, d'ici pas très longtemps. Elle a parlé de ses voyages, de tous ces boulots différents qu'elle a eus. Je me suis dit que je ne pourrais jamais faire comme elle : prendre un billet de train ou de bus sans savoir, poser mon doigt sur une carte, et partir au hasard. Elle me faisait penser à Rahan, cette fille. C'était un dessin animé que je regardais quand j'étais gamin, tiré d'un vieux comics américain, un super-héros des cavernes, blond et bodybuildé, avec un slip en peau de bête, pas un poil sur le torse, une vraie peau de bébé. Quand il ne savait pas où aller, ce Rahan, il faisait tourner son couteau sur une pierre, ensuite il s'en allait dans la direction que lui montrait la pointe de sa lame. Moi, je trouvais ça génial. Mais lorsque j'essayais de faire comme lui, avec un couteau de cuisine, ça m'indiquait soit le mur du séjour, soit la porte du placard ou celle des WC.

C'était faible, comme aventure.

Alex, elle ne doit pas s'inquiéter des cloisons et des murs. Quand elle décide de s'en aller, elle le fait, et basta. Là où elle veut aller, elle va.

Pendant qu'elle m'énumérait tous les coins où elle a vécu, ça me faisait prendre conscience un peu plus lourdement des amarres qui me retiennent. Parce que j'ai toujours voulu m'en aller, moi aussi. Mais moi, j'y pense, et puis c'est tout.

Qu'est-ce qui fait que certains dorment dans des sacs à dos et changent chaque soir d'étoiles au-dessus d'eux, et que d'autres grandissent, vivent leur vie et meurent à cent mètres de l'hôpital où leur mère les a pondus ? J'aimerais comprendre.

Ça fait vingt-huit ans que je rêve jour après jour de me tirer d'ici, mais c'est comme pour la cigarette : c'est toujours demain que j'arrête, c'est toujours demain que je pars.

C'est toujours demain que je vis.

Au bout d'un moment, Alex est repartie en poussant son chariot. Gérard était content et le Mérou aussi. Je me sentais moyen, en ce qui me concerne. Ni triste, ni heureux.

Sans doute un mix des deux.

Le Mérou voulait s'arrêter boire une Guinness au Black Queen, pour se rincer la bouche après toutes ses Kro. Je l'ai accompagné, je l'ai laissé à la porte, je suis rentré chez moi.

Je n'avais pas envie de picoler, et j'avais promis à mon père de rentrer tôt pour lui filer un coup de main. Un samedi matin par mois, c'est le jour des encombrants et je devais l'aider à sortir le lave-vaisselle qui a fait ses adieux le jour de ses douze ans, dans un grand flot de larmes savonneuses. Ça pèse une tonne, ces conneries-là. Aucune prise pour les mains. On s'en est vu un maximum, mon père et moi, pour descendre les quatre étages.

Je me suis dit qu'entre autres boulots de forçat, je ne ferai pas déménageur, si je peux m'éviter de me ruiner le dos. J'avais dû penser un peu fort, ou mon père a capté des ondes, parce qu'il m'a demandé, d'un seul coup, une fois sur le trottoir :

– Et le boulot, alors ? Quand est-ce que tu te mets à trouver quelque chose ?

Toujours futé, le vieux : il m'avait coincé juste en bas de l'immeuble, loin des oreilles de ma mère, et de ses grandes ailes emplumées, ouvertes pour me protéger : *Mais laisse-le un peu ce gosse, si tu crois que c'est facile, à la fin…*

On s'était déjà engrainés, lui et moi, trois jours auparavant. S'il comptait me les briser à la moindre occasion, ça allait rapidement me pomper l'oxygène.

Je me suis refermé comme une huître.

Il a fait :

– Bon, allez, je te paye un verre !

On est allés au Prolétaire, pour moi café serré, et pour lui Picon bière.

C'était la première fois de ma vie qu'on allait boire un pot ensemble. Je trouvais ça gênant d'être assis à une table, juste en face de lui, ailleurs qu'à la maison. Ça me faisait le même effet que lorsque ma mère tenait à tout prix à venir me chercher à la sortie du collège, en 6e.

– Mais non, Maman, c'est bon, je rentrerai tout seul, pas la peine de venir !

– Mais si, mon grand, mais si, ça me fait plaisir, au contraire !

Je lui donnais rendez-vous devant la pharmacie, pas devant le portail, soi-disant pour ne pas qu'elle me rate dans la foule qui se pressait devant la porte du bahut.

Cette peur, que j'avais, de croiser mes copains...

Pendant qu'on buvait un coup, mon père est revenu sur la question de l'emploi. Forcément.

Il est pire qu'une tique. Faudrait le couvrir d'éther, ou lui couper la tête, pour le faire lâcher.

– Tu as trouvé quelque chose, ou pas ?

À croire que, pour lui, il n'y a que *ça* qui compte.

J'ai répondu que non, et j'ai redit pourquoi : chômeurs, licenciements et crise.

Crise.

Il a répondu que, d'accord, OK, ça n'est pas l'idéal quand on veut démarrer dans la vie, mais que ça n'empêchait pas de trouver du boulot, tant qu'on n'avait pas d'exigences impossibles.

– Tu as deux bras, deux jambes et la santé. Crois-moi, ça n'est pas le cas de tout le monde. Et ça suffit pour aller travailler.

Il a toujours bossé sur les chantiers, mon père. Le chômage, il ne connaît pas. Pour lui, tous ceux qui pointent à Pôle Emploi, ce sont des branleurs, des fainéants, parce que s'ils le voulaient… Son point de vue, je le connais : « Quand on est dans le besoin, on ne fait pas le difficile. Quel que soit le travail, c'est toujours du travail. Bon à prendre, et c'est tout. »

Pour lui, la vie, c'est noir ou blanc. Le gris, c'est de l'embarras, des embrouilles inutiles.

Le gris, c'est un concept, comme dirait le Mérou.

J'ai préféré me taire.

À quoi ça me servirait de lui dire que je ne lui ressemble pas et que j'ai d'autres rêves ? Comment lui expliquer que je veux profiter – vraiment – de tout ce peu de temps qui file déjà vite ? Que je ne veux pas attendre d'avoir soixante-dix ans, un dentier et des rhumatismes pour commencer enfin à m'éclater ?

Ce n'est pas bosser qui me fait peur, c'est passer cinq jours par semaine à espérer le samedi. Et faire la gueule le dimanche, parce qu'ensuite il y a le lundi. Comme la plupart de ceux que je connais et que je n'envie pas, quel que soit leur salaire.

Je voudrais trouver enfin ce que je veux faire. Y arriver. En être fier.

J'ai trop peur que, sinon, aller gagner ma vie, ça me donne surtout l'impression de la perdre.

Mon père ne comprendrait rien à tout ça, je le sais. Il a passé son existence à s'éreinter pour payer le loyer, les crédits, nos études. Il s'est cassé les reins sans jamais penser à lui-même, sans jamais se faire *plaisir*, et je ne lui en suis même pas reconnaissant, lorsque j'y réfléchis. Je trouve même ça un peu con de sa part, pour tout dire. On n'a qu'une seule vie, on est seul à la vivre. On en fait quoi, du sentiment du devoir accompli, quand on arrive en fin de course ? Est-ce qu'au moins ça console des ratages et des manques ?

Il a vécu pour nous, et il s'est sacrifié, mais comment le lui rendre ? Je n'ai pas de jours en trop à lui donner. Je ne peux pas le rembourser.

Il vieillit, il est presque vieux, le compte à rebours semble bien avancé.

Et moi, pendant ce temps, je déprime et je glande.

Je regardais ses mains calleuses, qu'il n'arrive plus à fermer parce que la peau est devenue si dure qu'elle raidit les doigts, se fissure aux phalanges. Ses yeux clairs aux cils sombres, sous les sourcils touffus, et ce regard aigu qui ne se laisse jamais intimider ni avoir, par personne. Ce grand pif qu'il m'a refilé, merci beaucoup l'hérédité. Ses épaules trapues, aux muscles ankylosés, durs comme du bois, de la pierre. Les lèvres pour toujours gercées. La peau du cou striée, épaisse et sombre comme celle d'un éléphant – trop de soleil, de froid, de vent.

Il me regardait, lui aussi, et je ne savais pas quoi lire dans son œil.

Je me suis dit que je le décevais. J'ai fait des études, d'accord, mais c'est un savoir inutile, puisque au final, je ne *sais* rien.

C'est ma faute, après tout. Au moment de l'orientation, j'aurais pu choisir entre dix formations différentes, mais je m'en foutais tellement, à l'époque. Je voulais seulement un diplôme rapide, et me barrer des études en courant. On m'a envoyé là, je me suis laissé faire.

Quand on est une girouette, on ne résiste pas au vent.

À côté de mon père, je me sens toujours un peu minable. De ne pas avoir son courage – ou bien sa soumission, je ne sais pas –, de ne pas accepter n'importe quel emploi sous prétexte que j'ai « deux bras, deux jambes et la santé… » et qu'un homme, un vrai, ça travaille.

On n'est pas du même univers, lui et moi. Alors non, je n'avais pas envie de discuter de ça.

Du coup, on s'est payé un moment de silence pénible. Il buvait à petites gorgées. Il prend toujours le temps de manger ou de boire. Pour ça, il est toujours très lent.

J'avais fini mon café, depuis longtemps.

Il a relevé la tête, et reposé son verre. Il a fait : « Et sinon, comment ça va ? », comme si on était deux vieux potes qui ne se sont pas revus depuis vingt ou trente ans. J'ai failli hausser les épaules, lui répondre « Super, et toi ? ». Mais je me suis entendu dire :

– Lola est enceinte. De son nouveau copain.

Pourquoi j'avais dit ça, putain ?!

Sur le moment, il n'a rien répondu. Il regardait son verre, l'air un peu emmerdé. Et moi, si j'avais pu, je me serais fait hara-kiri à coups de petite cuillère.

Je l'entendais presque réfléchir. Je savais qu'il cherchait le bon angle d'attaque, comme si j'étais un mur en mal de fondations, une cloison qui penche. Il devait calculer où poser les étais, pour tenter de consolider tout ce foutu merdier avant qu'il ne soit trop tard et que ça se casse la gueule.

Enfin, il a relevé la tête.

– Ça te rend malheureux ?

Je m'attendais à tout de la part de mon père : son indifférence habituelle, une de ses sentences de bistrot – « Bah, la vie, c'est la vie, qu'est-ce que tu veux y faire ? », « Une de perdue, dix de retrouvées » –, ou bien un remontage de bretelles, à la rigueur, « Tu n'avais qu'à la garder, imbécile ! »…

Je m'attendais à tout, mais pas à ça.

Pas à cette question qu'il venait de lâcher en plantant d'un seul coup son regard dans le mien, avec ce truc en lui qui semblait vouloir dire : « Mon fils, je poserais bien ma grosse main sur la tienne, si je n'avais pas trop peur de passer pour un con. »

– Ça peut aller, j'ai dit.

Mais, vu que je me suis enroué sur la dernière syllabe et que ma voix s'est brisée d'un seul coup, j'aurais tout aussi bien pu lui avouer que non, ça n'allait pas du tout.

Lui dire tout d'un bloc que la vie me joue vraiment trop les Spontex, ces temps-ci, qu'elle m'abrase et qu'elle me récure dans tous les coins de ma peau tendre, que ça m'arrache des copeaux et que si ça continue…

Que si ça continue…

Je me sentais rougir jusqu'à la plante des pieds, j'avais chaud, brusquement, un goût amer dans le fond de la gorge. Et quand les larmes sont montées, je n'ai plus pu tenir, je me suis levé d'un bond et je l'ai planté là. Je suis parti droit devant moi.

Je n'aurais pas supporté de pleurer devant mon père.

Ni pour lui, ni pour moi.

Je suis allé à Pôle Emploi, histoire d'avoir bonne conscience. J'ai lu les dernières annonces affichées sur le tableau de l'entrée. Rien, comme d'habitude, ou des trucs à mourir.

De toute façon, dès qu'une offre se rapproche un peu de mon diplôme, l'employeur précise toujours : *Expérience exigée.* J'aimerais bien qu'on m'explique, un de ces jours, comment on peut acquérir de l'expérience lorsque personne ne veut vous donner du travail.

Au moment où j'allais repartir, la fille du bureau m'a fait signe :

– Hep ! Attendez ! J'aurais peut-être quelque chose pour vous la semaine prochaine : un CDD à l'hôpital de jour, boulevard Mallarmé. Accueil et standard, c'est votre formation, non ?

– Euh, ben, pas trop… En fait, moi, j'ai un BTS « Communication des entreprises ». Je l'ai écrit, sur mon CV.

– Oui, oui, je vois ça. Ce serait dans vos cordes, alors ?! Le standard, c'est de la communication, non ?

J'ai dit que oui, bien sûr, c'était la même branche, même si ce n'était pas sur le même rameau.

– C'est dans vos cordes, alors ! a répété la fille.

Je l'aurais bien vue dans les cordes, elle aussi, à se faire pilonner la figure par quelqu'un de moins lâche et plus violent que moi.

Je me suis contenté de lui faire un sourire de niais.

La bonne éducation, c'est une infirmité.

Le Mérou était assis sur sa moto, dans le garage, le portail basculant relevé. Moi je m'étais posé sur un congélateur hors d'usage, les bagnoles passaient devant nous dans la rue. On était en train de se demander ce qu'on allait pouvoir faire : rien, ou alors pas grand-chose, peut-être, pour changer.

Le Mérou a levé un bras, il a crié :

– Salut ! Ça va ?

J'ai suivi son regard.

De l'autre côté de la rue, Alex sortait du bureau de tabac. Elle nous a fait un signe, et elle a traversé pour venir jusqu'à nous. Elle a sifflé, impressionnée, en voyant le side-car.

Ou peut-être en voyant le side-car surmonté du Mérou, le casque sur la tête, en tee-shirt, short et tongs. Le Mérou lui a fait l'article : la peinture, les chromes, la fourche à balancier.

– Tu comptes le lui vendre ? j'ai dit.

Elle a souri.

– Il se fatiguerait pour rien, je ne veux pas l'acheter. L'essayer, ça, par contre…

Elle s'est hissée sur le congel', à côté de moi, d'un petit mouvement souple. Ça semblait naturel. Elle arrivait, s'installait, et ça ne nous gênait pas, ni le Mérou ni moi. C'était comme si elle avait toujours été là.

Le Mérou lui a demandé où elle avait garé son petit bonhomme en mousse.

– Mon quoi ?

– Ton copain Gérard.

– Ah, OK ! Il est resté à la maison. J'étais au boulot ce matin. Je ne le sors que quand j'ai du temps libre.

Elle en parlait un peu comme d'un chien qu'elle irait faire pisser, mais il n'y avait pas d'ironie. Plutôt de la tendresse, au contraire.

On a blagué encore dix minutes, et puis monsieur Lemauroux est entré dans le garage, tout d'un coup. Il a toisé Alex, m'a à peine jeté un coup d'œil – ni bonjour ni merde, comme d'habitude – et il a aboyé :

– Olivier, la courroie pour la Whirlpool de monsieur Guimont, celle qui est arrivée au courrier d'hier, tu l'as mise où ?

– Sur ton bureau, je l'ai laissée dans l'emballage.

– Je t'avais dit de la poser sous le comptoir, ça fait une heure que je la cherche, merde ! Et tu n'as rien de mieux à faire que discuter avec tes copains, là ? Tu ne crois pas qu'on aurait besoin d'aide, au magasin, ta mère et moi ? Tu ne peux pas descendre de cet engin et te bouger le cul, des fois ?

– C'est bon, j'arrive !

Son père a farfouillé sur les étagères, en faisant du raffut, d'un air très énervé, et il est ressorti les mains vides, sans nous dire au revoir.

Physiquement, il ressemble à son fils, mais la taille en dessous. On dirait un bonzaï du Mérou.

D'ailleurs, Le Mérou dit toujours :

– Chez Lemauroux, on fait le gros et le demi-gros !

Et il ajoute en rigolant :

– Le gros, c'est moi !

Monsieur Lemauroux ne m'aime pas des masses. Pour lui, je suis un parasite, un incapable.

Il pense que je fais perdre son temps à son fils et que c'est ma faute, s'il est démotivé. Les parents sont toujours persuadés que leurs gamins sont les meilleurs du monde, et lorsque ça n'est pas le cas – c'est-à-dire toujours, sauf pour les parents d'Einstein –, c'est forcément la faute de leurs fréquentations. Ou de leurs profs. De qui d'autre, sinon ?

Sans moi – c'est plus que sûr –, le Mérou serait un enthousiaste, un battant, il rêverait de reprendre la boutique à son père, il ne perdrait pas ses cheveux. Et même, il serait mince.

J'ai vraiment trop mauvaise influence sur lui…

Dès que son père est sorti du garage, le Mérou est descendu de son side, en soupirant.

– Putain, bonjour l'ambiance !…

– Ouais…

– J'en ai rien à secouer, remarque. Mais ça me gonfle un peu, et j'ai pas besoin de ça !

Il a fait un clin d'œil, en montrant son tour de taille, et il a ajouté :

– Bon, ben j'y vais, sinon l'univers va s'arrêter d'un coup !

On l'a laissé, Alex et moi. Il a refermé la porte basculante derrière nous.

J'ai entendu son pas traînant, qui s'éloignait, sur le ciment.

Alex m'a accompagné un bout de chemin. Elle s'est roulé une de ses petites clopes, elle m'en a refilé une. On s'est posés deux minutes sur un banc, sur la place Gambetta. Il y avait un cracheur de feu déguisé en dragon. Il tenait de grandes brochettes dans la main et faisait semblant de les faire cuire en crachant des flammes dessus. C'était marrant à regarder.

Il y avait toute une marmaille plantée devant lui, hypnotisée. Des petits gosses qui ouvraient grand les yeux et la bouche en même temps, vous savez, comme ils font quand ils sont ébahis ? Ils poussaient des cris de moineau, battaient des mains à chaque fois, ils éclataient de rire. Je me suis dit que c'était cool de plaire à un public, même de maternelle.

Je me suis dit également que ce type devait crever de chaleur, à l'intérieur de son costume.

Et puis qu'il valait mieux qu'il ne soit pas trop inflammable, sinon c'était lui qui risquait de jouer les merguez au premier coup de vent contraire.

Et enfin, je me suis demandé si les gosses auraient applaudi aussi fort, s'il s'était transformé en torche humaine, *vlouffffff* !?

J'ai de drôles d'idées, parfois.

– Tu as quel âge, toi, déjà ? a demandé Alex.

– Vingt-huit.

– Et tu voudrais faire quoi ? Dans la vie, je veux dire.

Je lui ai dit que, justement, je ne savais pas quoi faire de ma peau et que, pour moi, c'était un vrai problème.

– Tu ne dois pas comprendre ça, toi : tu fais ce que tu veux, tu n'as besoin de personne.

Elle a fait une petite moue. Elle m'a dit que, d'après elle, ça n'existait pas, les gens « qui n'ont besoin de personne ». Certains sont plus indépendants que d'autres, d'accord. Mais on ne pourrait pas rester réellement *tout seul* toute une vie, ce serait beaucoup trop difficile. Elle a dit qu'il fallait des amis, des amours, de la famille, un chat, un chien.

Quelqu'un.

Elle avait l'air de savoir de quoi elle parlait.

Je me suis dit que sa façon de vivre, au fond, ça n'avait peut-être pas que des avantages.

– Et tu as *quelqu'un*, toi ?

Elle a eu un geste un peu vague.

– Plus ou moins.

Avec un petit rire, elle a ajouté :

– Plutôt « moins », en fait !... Et toi ?

Je lui ai parlé de Lola.

Je vire barjot, je crois : je parle d'elle à tout le monde, je suis complètement obsédé.

Alex ne m'a rien conseillé. Elle n'est pas partie dans des banalités, la vie, l'amour, tout ça.

Le bonheur, le chagrin…

Elle m'a juste écouté, et ça m'a fait du bien.

Prise de becs

On m'a convoquée ce matin dans le bureau de la DRH.

C'est une jolie femme d'une quarantaine d'années, bobo sport chic, pas trop. Elle paraît plutôt sympathique. Elle m'a demandé de m'asseoir, en prenant une voix douce, maternelle, et l'air de circonstance pour m'expliquer que mon CDD ne serait pas renouvelé.

– Vous êtes compétente, mademoiselle Allery, ça ne vient pas de vous, je n'ai eu que de bons retours vous concernant, mais nous ne renouvellerons plus aucun CDD dans les six à huit mois à venir. Vous n'êtes pas sans savoir que, vu le contexte, nous allons devoir licencier de façon très significative, d'ici à la fin de l'année prochaine…

Combien de fois encore allait-elle devoir répéter cette phrase, à l'identique ou presque, pour expliquer à des femmes ou des hommes angoissés que la fête était bien finie, terminée, et que ce qu'ils prenaient pour une vie de galère, c'était le paradis en comparaison de ce qu'ils allaient connaître, maintenant ?

Combien de gens, dans son bureau, ou dans le couloir en ressortant, se laisseraient envahir par une juste colère, un désespoir « très significatif » ?

Elle a dû prendre mon indifférence pour de l'accablement, elle m'a gratifiée d'un petit laïus creux et bien intentionné, puis elle m'a raccompagnée à la porte en disant :

– Je sais que c'est difficile, mademoiselle Allery. Faites une petite pause, allez vous prendre un café au distributeur, ce ne sera pas compté dans vos heures, ne vous en faites pas.

À la couveuse, les filles sont venues m'entourer : « Alors, ça va ? Qu'est-ce qu'elle t'a dit ? »

Et ensuite : « Pas trop déçue ? Tu sais où tu vas aller, maintenant ? »

Pas de surprise dans leur voix.

Ici, tout le monde sait très bien ce qu'une convocation veut dire. On ne renouvelle pas les CDD, on se sépare des plus fragiles. Départs plus ou moins négociés, retraites anticipées.

On élague, encore et encore, et de plus en plus près du tronc. Au sol, une jonchée de feuilles et de petites branches, qui vont pourrir sur le gazon, déjà tombées depuis quelques semaines, la faute au coup de vent qui secoue notre monde.

Mauvais temps, mauvaise saison.

Elles me regardaient avec, au fond des yeux, une curiosité un peu trouble et inquiète. Demain, après-demain, arriverait leur tour. Et moi, je n'osais pas leur dire que je me foutais de ne plus revenir. Que, de toute façon, partir était un choix.

Pour la première fois, j'avais vaguement honte de prendre ça aussi bien, quand je savais à quel point la même perspective serait insupportable pour la plupart d'entre elles.

Je ne jouais pas dans la même cour qu'elles.

Pas d'attaches, pas de gamin, rien qui m'empêche ou me retienne, me ligote les ailes.

J'aurais d'autres projets, et ça m'allait très bien.

Pourtant, en revenant, lorsque j'ai vu Roswell devant le pas de la porte, installé sur le vieux fauteuil en plastique vert que Marlène veut bien lui prêter – parce que les chaises, non merci, « ça coûte plus cher que les yeux de la tête, quand on veut faire rempailler » –, quand je l'ai vu me faire un de ses coucous approximatifs, qui balayent l'espace au jugé, je me suis dit que, cette fois-ci, ce serait moins léger, moins drôle.

J'ai dit à Roswell que j'allais partir.

Il a voulu savoir quand. Je lui ai dit que je venais d'avoir mon préavis. Un mois. Pas tout à fait, avec les jours de congé qu'ils me restaient à prendre.

Il a dodeliné de sa grosse tête toute poilue et cabossée. Sa bouche tremblait un peu, du côté où elle tire. Il a voulu savoir où j'irais.

– Je ne sais pas encore.

– Hu revhhien'rhas ?

– Peut-être, un jour. Je ne sais pas. Je ne peux pas te le promettre, tu comprends ?

Il a fait son chat, coup de front dans le vide. Il avait l'œil grave et pensif tout à coup.

Il avait envie de me dire des choses, je le savais très bien, mais c'est toujours si compliqué. Quand il parle, c'est comme s'il devait aller chercher ses mots très profond dans la terre, les arracher un à un à la glaise, les mouiller de salive pour les faire briller.

Il a préféré commencer un de ces poèmes que j'ai tant de mal à décoder.

Nous n'irons plus dans les prairies
Au premier rayon du matin.

– Je vais te manquer ?
– Hhui.
– Toi aussi, tu me manqueras.
– Rreu le sschhais pien. Kant pis pour khoi.
– Bon, en même temps, tu ne me manqueras pas trop quand même, hein ?! Te fais pas d'illusions !... Je disais ça pour être polie ! Et parce que je suis *kré scchantille* !
Il s'est marré.
– Alekschh ?
– Oui ?
Il m'a fait signe d'écouter, il a continué tant bien que mal le poème. Et ça disait :

À peine au milieu du chemin
Faut-il regarder en arrière ?

Il s'est arrêté là. On aurait dit qu'il attendait. Et je ne savais pas quoi répondre.
Je n'allais pas regarder en arrière, bien sûr. Je ne l'avais jamais fait.
Mais dans mon cœur, rétroviseur. Pas besoin de me retourner pour savoir ce que je laissais.
– Et mainken'hant, rreu vais k'improviszer une sschhansscchon !
J'ai crié « Nooon ! ».

Trop tard.

Roswell s'était déjà lancé à pleine voix dans un chant du départ parfaitement abominable.

– C'est pas bientôt fini, cette cacofolie ?! Merde ?! a hurlé Marlène, depuis la cuisine.

Si elle était montée, elle nous aurait trouvés tous les deux enlacés, en train de revisiter les règles du tango.

J'ai débauché assez tôt, le lendemain. Je suis allée en ville pour faire deux trois courses, et me racheter un polar. C'est la seule chose que j'aie envie de lire, depuis quelques semaines. C'est par période.

En sortant du bureau de tabac, j'ai vu Cédric et Olivier qui glandouillaient dans un garage surmonté d'une enseigne, de l'autre côté de la rue. Je suis allée leur dire bonjour. Je ne savais pas que les parents d'Olivier avaient un magasin d'électroménager. J'étais souvent passée devant chez lui, depuis que j'étais arrivée. À l'époque où, pour moi, Olivier n'était qu'un gros taré qui aboyait sur mon passage, *Wouffff ! Woufff !...*

Ça m'a fait rire, de repenser à ça.

Olivier voulait à tout prix me montrer son side-car. Je sentais qu'il était fier, heureux de son jouet. Qu'il avait dû en rêver pendant des heures entières. Ce side, c'était le plus beau des Noëls de sa vie, même si on allait vers l'été.

Je suis restée bavarder avec eux jusqu'à ce que le père d'Olivier arrive.

Je n'ai pas eu de mal à comprendre qui c'était : ils se ressemblent d'une façon étonnante. Même regard tombant, même nez patatoïde, mêmes lèvres épaisses. Sauf que la calvitie du père n'est qu'en début de travaux chez le fils. Et que lorsqu'on les voit côte à côte, on dirait qu'Olivier fait le double, en volume. Il est beaucoup plus grand, aussi.

Son père était de mauvaise humeur, et ne faisait rien pour s'en cacher. Il a commencé à engueuler son fils, d'un ton sec, un peu méprisant. Il ne doit pas aimer qu'Olivier soit obèse. Pas seulement très gros, comme lui. Non : obèse. Il n'est peut-être pas fier d'avoir un fils comme ça. Ce n'est pas l'héritier dont il avait rêvé, celui que lui envieraient tous les gens du quartier. Un fils qui serait tout ce qu'il n'est pas lui-même. Il ne peut pas l'exposer en vitrine, ou alors en baissant le prix. Ça le déprime.

Les gros me font penser à des dresseurs de chiens. Ils se cachent derrière un matelas. Ils se protègent, mettent des épaisseurs entre la vie et eux. Pour éviter les morsures, peut-être. On les croit forts, alors qu'ils sont seulement fortifiés. Mais les remparts, ça sert à protéger ce qui est vulnérable, comme les carapaces protègent les ventres mous.

Alors, certains d'entre eux doivent être fragiles, là derrière. Ils doivent être à vif, sensibles au moindre choc. Ce sont des éléphants de porcelaine, en prison dans des corps trop larges et trop gras, dans lesquels ils se sentent tout le temps à l'étroit.

On plaint les squelettiques, on est prêt à leur céder la place dans la file, le siège dans le bus. On s'en inquiète. On leur tâte le pouls quand on leur dit bonjour.

Mais ceux qui sont confits dans leur quintal de graisse, ils gênent, ils nous oppressent, on râle dans leurs dos. Qu'ils se mettent à la diète !

Ils prennent trop d'espace et d'air.

Ils sont trop là.

En repartant, on est redescendus vers le centre, Cédric et moi.

En marchant, on a parlé de lui, de la vie, de l'avenir. Il ne sait pas où il va. Il y en a chaque jour davantage, des comme lui, égarés, qui ont la plupart du temps entre vingt et trente ans. Et parfois plus que ça.

Pas de but, de projets, d'espoirs. Seulement une incapacité à apprécier la vie. J'ai du mal à comprendre, je ne suis pas une angoissée. Depuis que je suis partie de chez moi, je n'ai pas eu le temps de trouver le temps long. Je me sens différente de la plupart de ceux de ma génération, à la fois plus mûre et plus jeune.

L'inquiétude est un oxydant, elle fait vieillir avant l'âge.

Cédric m'a un peu raconté son histoire, il a du mal à se remettre d'une séparation. Son ancienne copine est enceinte, il le vit mal. J'ai écouté, sans commentaires. C'était tout ce que je pouvais faire. Qu'est-ce qu'on peut dire dans ces cas-là ? « Ça passera … » ?!

On est restés un petit moment en face de l'église, à regarder un jeune déguisé en dragon de conte pour enfants, qui essayait de faire un spectacle de rue et de garder son enthousiasme.

Cédric regardait ça avec des yeux de gosse, il trouvait ça génial, trop cool, comme façon de vivre. Moi, je voyais la place presque vide, et ce type qui faisait son numéro tout seul, devant une poignée de gamins excités, accompagnés de mères fatiguées qui papotaient entre elles, sans le regarder vraiment. Il n'a pas ramassé grand-chose, comme thune. Pas de quoi être imposé sur les grandes fortunes. La liberté, c'est parfois à ce prix.

Ça coûte cher, de vouloir rester pauvre.

J'ai vécu un été avec un Italien qui faisait jongleur sur monocycle, et qui crachait du feu. Je me souviens des relents de kerdane, sur lui. Ce n'est pas une odeur qui inspire l'amour.

Mais bon, c'était un amoureux gentil, et il me faisait rire.

J'ai laissé Cédric du côté de chez lui, je suis allée passer une heure avec Kaan, le beau joueur de oud. Il partage un appart en zone piétonnière, avec ses deux copains musiciens. Ce n'est pas l'idéal pour faire des câlins, mais ils sont très discrets, ils se font oublier, et la porte fermée on se croit seuls au monde. C'est un tendre aux yeux doux. Il voudrait que je reste. Il fera partie des jolies pages, dans mon album virtuel de voyage. D'ailleurs, je l'ai pris en photo, plusieurs fois. C'est rare. Je ne photographie presque jamais les gens que je connais. Encore moins ceux que j'aime.

J'ai trop peur de les fixer pour toujours dans ma tête, de ne plus pouvoir les revoir autrement que figés, séquestrés, avec une expression qui leur est étrangère. Je préfère prendre les paysages à la tombée du jour, et les villes la nuit. Je fais des portraits d'anonymes.

Photographe, ça m'aurait plu. J'ai quelques milliers de photos, je me dis souvent que c'est inutile, que je ne les regarderai sans doute plus jamais.

Mais ce n'est pas grave : je les ai.

J'ai pris Roswell, aussi. Dans sa chambre, assis dans son fauteuil, le regard pensif. Contrejour devant la fenêtre, à la tombée du jour. Et puis dans son chariot, le bonnet au ras des sourcils, enroulé dans son plaid comme une grosse chenille dans un cocon de laine.

Marlène devait être dans un de ses bons jours. Un jour à être aimable.

Il y en a.

Je m'étais installée dehors sur mon duvet pour finir mon bouquin, à l'ombre d'un pommier. Elle recousait un bouton, assise à la table du jardin. Tout d'un coup, elle a relevé la tête :

– Je ne t'ai jamais montré ma chambre, depuis que tu es là, pas vrai ?

Elle m'a demandé ça d'un ton chichi-pompon, comme si c'était un privilège, une visite guidée du boudoir de la Reine. Elle dit toujours « ma » chambre, même devant Bertrand.

Ma maison, *mon* jardin, *ma* cuisine.

Ton frère.

J'ai levé le nez de mon polar, ça tombait bien, je venais tout juste de lire la dernière ligne.

– Hein ? Tu l'as jamais vue, ma chambre ?

J'ai fait : « Aaaah, non, jamais ! » d'un air intéressé.

J'étais dans un bon jour, moi aussi. Conciliante.

– Ça te dirait, alors ?

Je n'avais rien de plus urgent à faire. Et puis, visiblement, elle en avait envie. Je l'ai suivie.

Sa chambre est au rez-de-chaussée, tout au fond du couloir, après la salle de bains. Elle m'a fait entrer dans son domaine, tout bien rangé avec un soin méticuleux. Un couvre-lit en chenillette rose, avec deux gros coussins dans des taies assorties, deux tables de chevet, une commode en plaqué, un fauteuil en velours, deux chaises. Une grande armoire à glace, juste en face du lit. Et au mur, partout, des dessins. Quelques paysages de montagne, et toute une galerie de portraits, au crayon. On ne distinguait plus le papier peint, par endroits.

– C'est toi qui a fait tout ça ?

Elle a hoché la tête, avec une petite moue modeste et satisfaite.

Elle m'a dit que c'était sa passion de toujours, le dessin. Qu'à part devenir top-modèle, elle avait ça dans le sang, depuis qu'elle était gosse.

– J'étais la meilleure, à l'école ! La maîtresse accrochait toujours mes peintures, dans le fond de la classe. Ma mère disait à tout le monde que j'étais l'artiste de la famille.

Elle avait huit ans, de nouveau. Je voyais dans ses yeux les remontées d'orgueil, la fierté de sa mère, les dessins punaisés au mur, le classement du trimestre affiché dans le hall.

Classe de Cours Moyen Première Année / Dessin.

Première : Marlène Dachignies

Deuxième : ...

J'ai fait le tour des portraits, un par un. Que des célébrités du monde du spectacle, des acteurs, des chanteurs. Pour certains, la ressemblance était nette ; pour d'autres, il y avait un vague air d'on ne savait pas trop qui. Un grand portrait, mis en valeur dans un cadre en bois festonné, trônait au-dessus de la commode.

– Euh… C'est Sardou, ça, non?

J'avais posé la question d'un ton moyennement affirmatif, au cas où. Mais Marlène s'est éclairée aussitôt.

– Eh ben oui ! Eh ben oui, bien sûr ! Tu as vu ça, s'il est beau? Je l'ai fait d'après photo, au quadrillage. J'ai mis quarante-six heures. Je l'ai même exposé à la salle polyvalente, au Salon des artistes et des amis des arts, il y a trois ans. Tout le monde m'a félicitée.

– Je ne t'ai encore jamais vue dessiner, depuis que je suis là !

– C'est parce que j'aime pas quand on me regarde faire. Même Bertrand, il a pas le droit.

Bertrand n'avait pas le droit de grand-chose, mais ça, je le savais déjà.

– Pourquoi est-ce que tu n'en mets pas ailleurs ? Dans ton séjour ? Dans l'entrée ?

Elle a réfléchi, en arrangeant un peu le pli de ses rideaux.

– …Bah, je sais pas !… J'ai pas envie. Je veux pas faire de jalousies, si quelqu'un vient prendre un café. Je dessine pour moi, c'est tout. Pas pour faire mon encroyeuse.

Sur la commode vernie, posée sur un napperon blanc, entre un bouquet de mariée archisec sous un globe de verre et une boule à neige avec un Père Noël, il y avait une photo d'un jeune couple, marié de frais, prise à la sortie d'une église. Une jolie blonde pulpeuse, toute rieuse, un grand échalas cintré dans un costume noir.

Marlène a suivi mon regard. Elle a fait une grimace désabusée.

– Ça, c'était le jour de mon mariage. Y a vingt-deux ans…

Son mariage.

Je me suis approchée, pour les voir de plus près.

Marlène, encore mince, déguisée en meringue. Le bouquet serré sur son cœur.

Bertrand, identique à lui-même, mais avec des cheveux. La raie bien plaquée au Pento, le cou un peu serré par le nœud de cravate.

Marlène a grincé dans mon dos :

– Eh oui, on change, hein ?!

J'ai fait, par politesse : « Oooh, non, pas tellement ! »

– Pfff, fous-toi pas de moi ! Quand je vois comme il était et comme il est devenu !

Sans la regarder, j'ai dit :

– Toi, tu n'as pas beaucoup changé, par contre.

– Je suis une femme, c'est normal. On sait s'entretenir. Si tu fais attention, toi aussi, tu seras comme moi, à mon âge, tu verras.

J'ai frémi.

– Enfin, pas pour tout, hein ? Faut pas rêver, non plus… a ajouté Marlène, avec un clin d'œil appuyé, en se cambrant des flotteurs.

J'ai pris l'air dépité.

– Bah, je disais ça pour rire ! Te fais pas de bile, va ! Les hommes, y en a plein qui aiment les œufs sur le plat !

Elle a claqué des mains, elle a fait :

– Bon, c'est pas le tout ! J'ai ma lessive à mettre. Tu as du linge, toi ?

On a quitté la chambre de Marlène, le sourire de Sardou encadré sur le mur, Bertrand et ses cheveux, le mariage sous verre, et le bouquet sous cloche.

Dans le couloir, Marlène sifflotait « La maladie d'amour ».

Quand je suis revenue du travail, le lendemain, Marlène gueulait dans la cuisine, de cette voix aiguë de gamine hystérique qu'elle prend quelquefois, lorsqu'elle fait ses nerfs.

Elle hurlait sa colère, j'entendais des fracas de vaisselle explosée, en remontant l'allée.

Je suis entrée, je l'ai trouvée au milieu du séjour, rouge vif, décoiffée, complètement hors d'elle. Il y avait des tessons de verre un peu partout, des assiettes en miettes.

Quand elle m'a vue, elle a respiré un grand coup, pour reprendre un peu sa maîtrise, mais sans lâcher le pot à eau qu'elle comptait bien satelliser juste avant de m'apercevoir.

– Bonjour ?! j'ai dit.

Elle n'attendait que moi sans doute, pour libérer tout son trop-plein. En tout cas, elle m'a prise aussitôt à témoin.

– Tu sais pas ce qu'il m'a fait, cet abruti ?!

Roswell avait sans doute pris quelques initiatives. Pourtant, ça ne sentait ni le pop-corn ni le brûlé, il devait s'agir d'autre chose. Il avait peut-être essayé d'aller aux toilettes tout seul, ce qui se solde – en général – par un nettoyage du carrelage et de l'abattant, plus une lessive de pantalon, de caleçon et parfois même de chaussettes, parce que c'est compliqué, les fermetures éclairs, les boutons de braguette, quand on sucre les fraises.

– Tu sais ce qu'il a fait, ce foutu imbécile ?

Elle était luisante de rage.

Ça devait être les toilettes. Ça la rend folle, plus que tout.

Je me suis assise à table, et je l'ai regardée.

Il suffisait d'attendre.

Elle tournait sur elle-même comme un rat empoisonné, elle semblait débordée par les mots, sans savoir par lequel commencer. Elle s'est mise à balayer mécaniquement les débris de vaisselle, d'une façon si désordonnée qu'elle les dispersait encore plus.

Enfin elle s'est arrêtée, d'un seul coup, elle s'est laissée tomber sur la chaise en face de moi, et elle a dit d'une voix blanche :

– Il a demandé la semaine !

Elle guettait ma réaction. Visiblement, elle pensait m'en avoir assez dit pour que je sursaute, indignée, et que je me mette à casser la vaisselle avec elle.

J'ai dit :

– Gérard t'a demandé *quoi* ?!

Marlène a haussé les épaules, exaspérée.

– Quoi Gérard ? Mais non, pas Gérard ! Tu te fous de moi ou quoi ? Je te parle de Bertrand, ce crétin, cette andouille !

J'ai posé mon menton sur la paume de ma main, et j'ai continué d'attendre.

Elle a respiré un grand coup.

– Il a fait un jeu, sur internet, tu sais : il faut répondre à des questions et après, si tu as bon, tu es tiré au sort… C'était sur le vélo. Il est fort, en vélo.

– OK. Un jeu. Et… donc ?

– Il a gagné le deuxième prix !

– C'est une bonne nouvelle, ça, non ?

– Attends !

Elle semblait au bord de l'explosion.

– Attends, il avait le choix entre une cuisine « tout équipée - électroménager en option », ou une semaine en demi-pension, et lui… et lui… Il m'a même pas posé la question, il a… Il a choisi la semaine pour deux à la meeeeeeeeeeer !

Elle a éclaté en sanglots.

Elle pleurait comme une petite fille, les poings serrés sur ses paupières, et s'essuyait le flot de larmes du dos de la main, en se tartinant de rimmel.

Elle hoquetait, entre deux spasmes :

– Il va… y… aller… tout seul… à… la… meeeeeeer ! Tout seul… là, tu-hu-hu… m'entends ?!

Je voyais bien son désespoir. C'était la fin du monde, en pire.

J'ai fait « Allez, allez ! » sans conviction.

Quand elle a relevé la tête, elle ressemblait à un panda.

J'ai dit :

– Elle est très bien comme ça, ta cuisine ! Et une semaine de vacances, ça ne fait pas de mal, tu sais. L'autre jour, tu disais que tu ne partais jamais…

Marlène a essuyé tout son restant de larmes sur un coin de torchon.

Elle a reniflé, et secoué la tête, abattue, dépitée. Elle voulait des sommets, on lui offrait des plages, elle qui n'avait même pas de maillot. Décidément, elle n'avait pas de chance. Jamais pour elle, le gros lot.

– Où est-ce qu'elle est, ta demi-pension ?

Elle a reniflé.

– C'est à Brides-les-Bains. Je sais même pas à quelle mer c'est !

Je me suis levée, j'ai dit à Marlène qu'elle était dans les Alpes, sa station balnéaire.

Dans les Alpes.

Et puis je suis montée dire bonjour à Roswell.

Je l'ai trouvé assis dans son fauteuil, près de la fenêtre.

Il dormait comme un ours en hiver, son coffre à trésors posé sur les genoux.

C'est un genre de boîte à chaussures, imprimée de grands tournesols, dans laquelle il range des choses. D'habitude, lorsque je rentre dans sa chambre et que je le trouve occupé à trier ses affaires, il referme la boîte aussitôt – ce qui lui prend du temps, malgré tout, vu la difficulté de chacun de ses gestes –, puis il la repose sur la commode, à côté du fauteuil.

Secret défense.

Je l'ai regardé un moment.

Sa tête avait roulé en arrière, sur le côté du dossier, il ronflait en faisant plus de bruit qu'un ULM, la boîte était inclinée sur ses jambes, prête à tomber.

Même quand il dort, il est secoué, Roswell. Il a des soubresauts, des contractions subites, ça continue de s'exciter le long des circuits électriques. Mais son visage est plus paisible, et du coup il ressemble un peu plus à Bertrand.

Je suis allée à la fenêtre, j'ai apprécié à sa juste valeur la vue imprenable qu'il a, trois cent soixante-cinq fois vingt-quatre heures par an... Le toit de l'appentis, le fil à linge où sèchent ses calbars et ceux de son frangin, et les suspensoirs à seins de Marlène. Ensuite le portail, et un bout du chemin. À gauche, l'entrepôt, un peu plus loin, l'usine. À droite, les peupliers qui bordent le canal.

Chaque jour de sa vie.

Je me demande s'il s'ennuie, s'il trouve le temps long.

Peut-être que ça le rassure, au fond, de toujours voir la même chose.

J'allais partir quand une de ses jambes s'est brusquement détendue. La boîte en carton est partie en vol plané, le couvercle d'un côté et le reste de l'autre, et tout un bel envol de fatras au milieu. Roswell ne s'est pas réveillé.

Je me suis mise à glaner les photos et les lettres semées sur la moquette.

Sur la plupart des clichés, on retrouvait la même femme, assez grande, avec un visage maigre, des cheveux sombres, épais. Des yeux graves.

Sur l'un d'entre eux, elle portait dans ses bras un nourrisson emmitouflé dans une couverture en patchwork de toutes les couleurs, qu'elle avait dû faire elle-même, au crochet. Elle était encore assez jeune, entre trente-cinq et quarante ans. Difficile à savoir, avec ce regard triste. Sur un autre, on la voyait dans un jardin public, entre deux enfants, un petit garçon d'une dizaine d'années et puis un bébé, souriant. Un drôle de bébé, bizarre, mal foutu, tout avachi dans son trotteur. À l'arrière-plan, assis sur la pelouse, il y avait un homme un peu flou, qui regardait l'objectif fixement, sans aucune expression. Il était sur d'autres photos, également. Pas très nombreuses.

Des portraits de Roswell, il y en avait beaucoup, par contre, à tous les âges. Et derrière chacun d'eux, la même écriture au crayon, pour laisser une phrase, un message.

Mon bébé a eu trois ans aujourd'hui, il porte le beau gilet rouge que lui a tricoté sa Maman.

Gérard et Bertrand aux manèges. Mon bébé n'a pas arrêté de rire, il adore monter dans le petit avion, avec Bertrand !

Gérard et Bertrand à la mer, il a fait beau toute la journée. Sur la photo, un petit garçon maigre, boudeur, une bouée canard autour de la taille. À l'ombre du parasol, la vilaine crevette, aplatie sur une serviette-éponge, bras et jambes écartés, dispersés, la bouche trop fendue sur ce sourire immense que les gens qui passaient devaient trouver si laid.

Tu es le plus beau bébé du monde. Tu es la fierté de ta Maman.

Sur les photos, je voyais grandir Bertrand et Gérard, vieillir leur mère. L'homme flou n'était plus là. Bertrand avait déjà ces yeux inexistants, ce regard en impasse.

Je voyais l'endroit où ils avaient vécu, Gérard et Bertrand, les deux frères. Une petite maison mitoyenne, à la façade blanche. Un bout de jardin, une balançoire.

Gérard et sa maman sur le perron de l'entrée, tous deux dans un fauteuil. Gérard et sa maman dans le jardin. Gérard et un gâteau d'anniversaire, recouvert de bougies. Bertrand adulte, Gérard adolescent, qui lui donne le bras, sur le pas de la porte. Gérard et sa maman, dans une cuisine bien rangée. Lui, debout, appuyé de travers sur un dossier de chaise, elle assise à la table, la tête un peu penchée. Bertrand sur un vélo de course, l'air content.

Une fête avec une dizaine de personnes, Bertrand, Marlène. Gérard au premier plan, qui mousse sur ses doigts, l'épaule soutenue par le bras de sa mère.

Elle, de plus en plus grisonnante, rétrécie, blanchissante.

Lui, de plus en plus mal foutu, souriant.

Elle lui avait écrit des dizaines de lettres. Est-ce qu'elle faisait ça pour passer le temps, oublier son angoisse ? Est-ce qu'elle les lui lisait ? Est-ce qu'il savait lire ?

Je ne m'étais jamais posé cette question.

Comment imaginer un livre, entre ses mains ? Comment imaginer Roswell, tournant une page sans la déchirer, arrivant à suivre jusqu'au bout une ligne, de son regard sans cesse éparpillé ?

Les lettres étaient là, en tout cas. Je n'avais pas l'intention de les lire, j'ai seulement saisi deux ou trois phrases au vol, quelques mots qui m'ont retenue.

Mon fils chéri, je voudrais pouvoir rester toujours auprès de toi. Tu es mon petit soleil, le trésor de ma vie, le bonheur de mes jours.

Après, qui t'aimera comme tu le mérites ?

« Après ».

Il avait dû lui coûter, ce mot-là.

J'ai repensé à madame Lescos, la voisine de mes parents.

Elle vivait seule avec son chat, Mistigri, un gros matou gris aux yeux verts, plus collant qu'un papier tue-mouches. Il passait sa vie vautré sur le balcon, ou bien sur le palier de l'entrée, endormi sur le paillasson, le ventre offert et les pattes étirées.

Madame Lescos avait fait poser une chatière dans la porte, pour qu'il puisse aller se dégourdir les pattes dans la cage d'escalier.

Il avait dix-huit ans. Elle, soixante-dix de plus.

Il était presque sourd. Elle l'était davantage.

Elle vivait tout le temps dans l'angoisse de « partir » avant lui. C'était son obsession. Elle en parlait chaque fois à ma mère, lorsqu'elles se croisaient dans l'ascenseur ou l'escalier :

– Il n'a connu que moi, je l'ai eu tout bébé. Il était tellement beau… Vous vous souvenez, comme il était beau, quand il était petit ?

– Oh, il devait déjà avoir dans les quatre ou cinq ans, quand nous sommes arrivés dans l'immeuble. Mais c'est vrai que c'est un beau chat, encore maintenant !

– Mon pauvre Mistigri, il serait perdu si je n'étais pas là. Qu'est-ce qui va lui arriver, si je meurs avant lui ? Où est-ce qu'elle ira, *après*, cette pauvre petite bête ? Je ne peux pas supporter l'idée qu'on le mette à la SPA. Je vous assure, Michèle, je ne peux pas ! Personne n'en voudra, il est trop vieux, vous comprenez. Ils le piqueront, j'en suis sûre. Ils ne pourront pas faire autrement. J'en viens à espérer qu'il s'en aille avant moi, et pourtant… Pourtant, s'il n'était pas là, je me sentirais si seule, à vous je peux le dire. Ah, je m'en fais, du mauvais sang, si vous saviez ! Vous devez me trouver ridicule…

– Non, non, disait ma mère. Je vous comprends très bien. Je vous assure.

Un jour, madame Lescos a fait une mauvaise chute dans son salon.

Elle est partie à l'hôpital. Elle n'est jamais revenue dans son appartement. Elle a fini ses jours en maison de retraite.

Nous avons adopté le chat. Il a vécu encore deux ans.

Madame Lescos, elle, un peu moins longtemps.

La mère de Gérard avait dû penser si souvent à ce qui attendrait son fils, lorsqu'elle serait partie. C'est pour cette raison qu'elle avait demandé à Bertrand de bien vouloir se charger de son frère. Ce frère qui avait dû lui peser tellement lourd, déjà, quand il était enfant.

Et en attendant ce jour-là, elle le couvait, lui consacrait son temps, lui écrivait des lettres, lui apprenait des chansons, des poèmes, qu'elle lui recopiait quelquefois, en lui laissant des commentaires, toujours au crayon gris, de la même écriture appliquée et scolaire.

Mon fils chéri, voilà le début de ce texte de monsieur Guillevic, que tu aimes tellement :

Il y a des monstres qui sont très bons
Qui s'assoient contre vous les yeux clos de tendresse
Et sur votre poignet
Posent leur patte velue.

J'ai tout rangé. J'ai refermé la boîte. Je l'ai reposée sur les genoux de Roswell.

La bouche ouverte, il s'égouttait sur l'accoudoir, tranquillement.

J'ai tiré la porte, sans bruit.

En début de soirée, je suis descendue aider Marlène à faire la cuisine.

Bertrand lisait *L'Équipe* dans le salon, en attendant les infos régionales. Roswell, englouti dans le canapé, caressait la tête de Tobby en regardant la télé sans le son.

Lorsque j'ai loué la chambre, Marlène m'a proposé de se charger des courses et de me donner le compte, à la fin de chaque semaine, en fonction du nombre de repas que je prends avec eux.

En échange, je l'aide.

Marlène émincait les oignons sur la planche avec une sauvagerie de *serial killer*.

Je n'ai rien demandé, j'ai décidé de faire une salade.

L'ambiance était pesante. L'éruption n'était plus très loin, mon sismographe est bien réglé.

Marlène, c'est un volcan. Avec elle, on peut s'attendre à tout, nuées ardentes, coulées de lave, pluie de cendres. Ça prend toujours au dépourvu.

Elle a fini par exploser, au quatrième oignon.

– C'est bien ma veine ! Aaaah oui ! C'est bien ma veine, on peut le dire !

– Qu'est-ce qui t'arrive ?

Elle s'est mise à hacher de façon frénétique, en respirant de plus en plus fort.

Il vivait un enfer, cet oignon.

Elle a repris :

– … ? Qu'est-ce qui m'arrive ?!!!

Puis, plus fort, en détachant bien les syllabes :

– Qu'est-ce-qui-m'ar-ri-ve ?!!! Tu le vois pas, ce qui m'arrive ? Tu le vois pas ?!!! Pour une fois que je gagne à un concours ?!!!

– Je croyais que c'était Bertrand qui…

– … Lui et moi c'est pareil, viens pas me chinoiser !

Bertrand a relevé la tête, il a jeté un coup d'œil un peu surpris vers nous. Comme je croisais son regard, il m'a fait un petit sourire vaguement ému. Je lui ai rendu son sourire, avec une mimique encourageante.

Je suis revenue à Marlène. Elle avait les joues rouges et les yeux embués.

J'ai fait :

– Alleeez !

Elle a haussé les épaules, elle est allée se passer les mains sous l'eau froide, à l'évier.

– C'est les oignons, ça m'irrite, c'est tout, va pas t'imaginer ! Je suis pas du genre à pleurer pour quelque chose, moi !

– Oh, ça, je le sais bien ! j'ai dit.

– Mais tu avoueras, hein ?! Tu avoueras !

Gros silence.

– Quand même !… Tu avoueras !

Bon. Je sentais bien que ce soir, il faudrait l'accoucher aux fers. Je me suis dévouée.

– Raconte.

Elle s'est servi aussitôt un grand verre de blanc, sans en proposer à personne. Elle l'a bu cul sec, comme si c'était un alcool fort, avant de se laisser tomber lourdement sur une chaise. Elle a secoué la tête, plusieurs fois, pour bien faire sentir toute la gravité terrestre de la chose, tout ce malheur pesant qui lui tombait dessus.

– Alors ?

– Alors, j'ai réfléchi, figure-toi ! Qu'est-ce qu'on en fait, du neuneu, pour partir en vacances ? Tu peux me dire ? Et mon Tobby ? Y a pas de chenil, dans la région !

« Chenil », ça englobait Roswell et le clébard, je pense.

– Pour mon Tobby, je peux toujours demander à madame Aulincourt, au marché. Elle a déjà des chiens, elle adore les bêtes. Mais *l'autre* !...

Elle a eu un rire mauvais.

– Aussi, ce con, tu crois pas qu'il aurait pu gagner avant qu'on ait récupéré son frère ?!

J'ai regardé le con.

Il avait déployé son journal devant lui. Je ne voyais plus que le sommet de son crâne, et la grande mèche qu'il enroule dessus pour cacher le déboisement.

Marlène a repris, d'une voix mourante :

– De toute façon, c'est foutu ! C'est foutu, je le sais. J'en aurai jamais, des vacances ! On n'a plus qu'à tirer les chaises !

Olivier m'a envoyé un SMS pour me dire qu'ils iraient au canal, ce soir, si je voulais venir.

J'ai répondu que OK, que peut-être, pas sûr, que je leur dirais ça tout à l'heure.

J'avais un peu la flemme de retourner en ville. Je ne me voyais pas franchement rester là.

Le canal, pourquoi pas ?

Pendant tout le repas, Roswell nous a gratifiés d'un vrai show à l'américaine. À croire qu'il le faisait exprès. Éclats de rire bouche pleine, fausse route avec postillons, trempage de coude dans l'assiette, lâcher de cuillerée de pâtes sur le sol.

La grande forme. Le grand jeu.

Marlène ne le quittait pas des yeux, la ligne des sourcils de plus en plus basse, bouche rentrée, lèvres pincées, avec un petit mordillement des joues, un tic nerveux.

Bertrand sauçait son pain avec le jus de viande, en regardant la télé, comme toujours.

Moi, je regardais Marlène qui regardait Roswell, et je me disais qu'il jouait avec sa vie, ce garçon, et que les représailles n'allaient pas tarder à lui pleuvoir dessus comme les criquets sur l'Égypte.

Et là, quelques instants plus tard, bouquet final : un superbe accroché de nappe en se levant pour aller aux toilettes, qui a fait voltiger son assiette et deux verres.

Marlène a dépassé d'un coup son niveau de cote d'alerte. C'est parti en déflagration.

– Mais regarde-moi ça, bordel ! Tu vois un peu ce que je supporte ?

Elle hurlait, en parlant à Bertrand.

– Tu vois c'est quoi, ma vie, avec ce crétin, ce boulet ?

Ouverture du festival.

Lui, sans cesser d'éplucher sa poire :

– Écoute, je vais te dire, ça ne sert à rien de crier.

Plus il est calme et plus elle s'énerve. Elle est partie d'un coup dans les aigus.

– Ça sert à rien, sauf à me détendre les nerfs ! Et je crie si je veux !

– Ben crie, alors, ma pauvre fille !

– Et me parle pas comme ça ! Et puis tu nettoieras les saletés de ton frère, aussi, parce que je suis pas la bonne à faire le ménage, ici !

Silence lourd, temps mort. Imminence de la tempête.

J'ai pris mon Roswell sous le bras, je lui ai mis son gilet sans faire de commentaires et j'ai dit à la cantonade qu'on allait faire un petit tour.

– C'est ça, vire-le-moi du milieu, celui-là, avant que je lui en mette une !

– Marlène, je te préviens : si je te vois toucher mon frère…

– Tu le verras pas, t'es jamais là ! Et puis tu ferais quoi, d'abord ? Tu me taperais dessus, peut-être ?! Tu risques pas, t'as rien dans le calbar ! Et d'abord, je t'emmerde !

– Ah ça ! Ça, pour m'emmerder, tu m'emmerdes ! Et c'est rien de le dire !

On est sortis, il faisait beau. J'aime bien quand les jours rallongent.

On entendait coasser les grenouilles, au loin. Et Marlène et Bertrand, plus proches.

J'ai embraillé Roswell. Il m'a fait son sourire qui tue, il m'a dit que j'étais schhantille. Je lui ai répondu que j'étais « enchantée d'être schhantille ! ».

Il s'est marré.

– Tu crois qu'il y a encore des canards, à cette heure, au canal ?

Roswell a secoué la tête.

– Zje-ssschais pas…

– On pourrait aller voir, tu crois pas ?

– Ssschhuper !

Je suis allée lui chercher son carrosse.

Comme un poussin dans l'œuf

Depuis qu'il a son side, je sens que le Mérou tourne autour d'une idée. Il est encore plus silencieux, mais c'est un silence occupé. Fermé pour cause de réflexion.

Finalement, lundi, ça lui a pété. Quand je me suis amené chez lui, il m'a dit :

– On met des duvets dans les sacoches, la bouffe et les bières dans le side, et on se casse.

Il disait ça comme un taulard qui a mis au point son projet d'évasion. Avec une tension dans la voix, une sacrée détermination.

J'ai demandé :

– Et tu les trouves où, les duvets ?

– J'ai tout le matos, tu veux voir ?

Il est allé au fond de son garage, il a poussé la tondeuse et le barbecue, et il a tiré une cantine en métal de dessous la dernière étagère. Il en a sorti du matériel de pro : duvets, couvertures de survie, sursacs, matelas autogonflants, réchauds, cartouches de gaz, lampes frontales, ponchos imperméables… Ali-Baba chez le Vieux Campeur.

Tout, neuf.

Et tout en double.

– C'est à tes parents, ça ?!

– Non, c'est à moi.

Je me suis demandé avec qui il voulait camper sur les neiges éternelles, le jour où il avait acheté tout ce beau matériel. Je n'ai pas osé lui poser la question.

– On se casse vers où, tu as idée ?

– On s'en fout de là où on va, ce qui est important c'est d'y aller.

J'ai dit :

– Tu te prends pour le collègue de Stef, toi, maintenant ?

Le Mérou a rigolé.

Stef est prof de judo dans une salle de sport qui fait tai-chi, power plate, cardio-training et rééquilibrage des pneus, au centre-ville.

Dans la salle à côté de la sienne, il y a les cours de muscu.

Le prof est une vraie pub pour les lotions bronzantes et les dentifrices abrasifs. Il est grand, il est beau, il est parfait, il se nourrit de protéines. On dirait Ken, en plus musclé.

Mais d'après Stef, ce qui fait surtout son charme, c'est une belle série de phrases toutes faites, facilement interchangeables, qu'il gueule à ses élèves en sautillant sur place à côté d'eux, parce qu'il est incapable de rester immobile : « L'important, ce n'est pas le but, *pfff ! pfff !* c'est le chemin », « Si tu acceptes ta faiblesse, *pfff ! pfff !* elle devient ta force », « Être bien dans son corps, *pfff ! pfff !* c'est être bien dans sa vie ».

Stef l'appelle le Con Gourou.

Le Mérou a répondu que ce qu'il aimerait surtout, ce serait *partir* d'ici.

Se tailler, voilà tout.

– Faut qu'on bouge !

J'étais assez d'accord avec lui, sur le fond. Je ne vois pas vraiment ce qui me retiendrait, pour le restant de la semaine, ou des semaines à venir. Rien à glander de mes journées, Lola enceinte d'un connard, pas de projets à l'horizon sauf un boulot d'accueil-standard à l'hôpital de jour – whouaou, quelle chance ! c'est trop de bonheur d'un seul coup, je ne vais pas supporter. Autant m'éloigner quelques jours.

– Tu veux partir quand ?

Le Mérou a haussé les épaules.

– Je m'en bats les couilles. À toi de voir.

– Moi, c'est quand tu voudras.

– Bon, on se voit ce soir, a répondu le Mérou gravement, en regardant sa montre comme s'il préparait un casse. On se retrouve au canal vers huit heures, on en discutera.

Avant d'aller rejoindre le Mérou au canal, je suis passé chez Stef lui rendre un DVD.

Il y avait Maïlys, sa cousine, plus jolie que jamais, qui riait un peu trop fort à tout ce que je disais et me faisait son regard Velcro, sous l'œil faussement indifférent de Stef et de Sara, enceinte jusqu'aux yeux. Ces deux-là m'avaient joué un plan à la Meetic, c'était clair.

Ils veulent mon bonheur à tout prix, ces ordures.

J'ai eu du mal à me sortir du guet-apens indemne. C'est vrai qu'elle est mignonne, Maïlys. Mignonne, et plus que ça. Mais je n'ai pas le moral à me faire accrocher par le premier hameçon qui passe, même s'il a de jolies plumes.

Stef m'a raccompagné en bas de son immeuble. Il avait l'air inquiet.

On se connaît depuis longtemps, lui et moi. Autant dire depuis toujours, puisqu'on était déjà copains en maternelle.

On a partagé quelques milliers de choses. Des secrets pour la vie, des conneries de gosses, de celles qu'on ne raconte jamais à ses parents, ou très longtemps après, quand il y a prescription.

Comme la fois où on a décidé d'escalader l'immeuble de la mairie, à deux heures du matin, parce que, l'après-midi, on avait regardé *La vie au bout des doigts* de Patrick Edlinger, chez le père d'un copain qui avait la cassette. Stef est tombé le premier, en plein dans la benne à déchets. Moi ensuite, comme une bouse. Juste à côté de la benne, manque de bol pour moi. Il avait dû dévisser à trois mètres. Je n'avais pas grimpé beaucoup plus.

On était fiers de nous quand même. On avait joué les Cyrano, on n'était pas montés bien haut, peut-être, mais tout seuls…

Je me souviens qu'on est rentrés à petits pas, dans la lueur des lampadaires, lui en boitant parce qu'il s'était flingué une cheville, moi avec un coude explosé qui me lançait jusque dans les gencives, un genou qui pissait le sang, et un mouchoir serré entre les dents pour étouffer mes plaintes. J'étais Rambo, en plus viril.

Déjà, faire le mur, ça m'avait valu des angoisses, mais revenir chez moi sans me faire repérer par mes parents dans l'état où j'étais, ce n'était pas gagné non plus. Heureusement que mon frère dormait chez un de ses copains, ce soir-là, sinon ce petit fumier serait allé me vendre tout de suite, ou m'aurait extorqué toutes mes économies pour acheter son silence, vu qu'on partageait la même piaule, et le même lit superposé.

Il a fallu que je trouve un scénario débile pour pouvoir expliquer ma fracture du coude. Et réussir à faire croire à mon père que j'étais brusquement devenu somnambule à douze ans et que j'étais tombé de la couchette d'en haut, ça, c'était vraiment du grand art.

Je m'en suis tiré avec un plâtre, plus quelques mois à me faire appeler Spiderman par ce salaud de Stef d'abord, et par toute l'école ensuite.

Donc, on se connaît bien, tous les deux. Pas besoin de parler pour s'entendre.

Il est resté fumer une clope avec moi, sans rien dire, les yeux sur l'horizon bétonné du parking. Au moment où j'allais partir, il m'a simplement demandé :

– Tu es au courant, non, pour Lola ?

– Mmmhh.

– Et… ça va ?

– Super.

– Mouais... Tu viens quand tu veux, ou tu appelles. Tu hésites pas, compris ? Je m'en fous de l'heure, tu le sais.

– OK, merci.

Stef, c'est une des rares personnes – avec le Mérou – que je pourrais réellement appeler à n'importe quelle heure du jour ou de la nuit. Le genre de type qui serait capable de tout plaquer pour venir me chercher au bout du monde, si j'avais un souci.

Et je ferais pareil pour lui.

J'ai compris que c'est rare. Dans la vie (la mienne, en tout cas), les copains sont plutôt du genre : « Si tu as besoin de rien, tu peux compter sur moi. »

Stef et moi, on n'a pas échangé nos sangs quand on avait dix ans, on était trop douillets pour ça. On n'a jamais écrit de serment avec un code à nous (on dirait que le A ce serait une étoile, le B un petit rond, le C…). Un vrai pacte secret, à la vie, à la mort, archiconfidentiel, qu'on aurait appris par cœur, avant de le déchirer en confettis et de le mâchouiller pour le réduire en bouillie.

Rien n'est jamais dit entre nous. C'est mon pote, c'est tout.

Je l'ai salué, je me suis éloigné de quelques pas, il m'a rappelé :

– Oh, Cédric !

– ?...

– Tu connais la dernière trouvaille ?

Chaque fois qu'on se voit, Stef me donne des nouvelles du coach.

– Vas-y !

– « Sans défaite, il n'y a pas *pfff !, pfff !* de victoire… »

– Ah ouaiiis, *hhan, hhan !* Joli !

Le Mérou m'attendait, assis sur sa bécane.

Il avait mis un beau tee-shirt, tout noir avec des flammes rouges, assorti à son réservoir. Tel que je le connais, il avait dû passer des heures à le chercher sur Internet.

De loin, c'était spectaculaire, il faisait corps avec son engin.

J'ai applaudi, j'ai dit :

– La claaasse !

Il m'a traité de faux-cul, en ajoutant que mes compliments bidons, il n'en avait rien à secouer.

– Fais gaffe quand même, j'ai fait. Si ça continue, on va te confondre avec ta brelle. Il va te pousser des sacoches.

– T'es pas observateur, j'en ai depuis longtemps.

Il est descendu de sa selle, il a fait le tour du side.

– Regarde un peu : cool attitude !

Dans les sacoches, il y avait deux cartons de pizza, format professionnel. Et dans la remorque, deux sacs isothermes, remplis à ras de pains de glace et surtout de bouteilles de Kro. Il s'en est décapsulé une, m'en a tendu une autre. Il a bu un grand coup, il a tiapé avec la langue.

– Aahhhh ! C'est comme ça que j'aime la vie !

Pour bien montrer sa joie, il s'est tapoté le plexus avec le poing, puis il a envoyé un rot d'anthologie.

– Tu es vraiment un gros porc ! j'ai dit.

– Pas du tout, c'est de la sagesse chinoise. C'est Lao-Tseu lui-même qui l'a dit : *Qui ne pète ni ne rote est voué à l'explosion.*

– Lao-Tseu, tu dis…

– Je te le confirme ! J'ai trouvé ça sur Internet !

– Et en y cherchant quoi, je voudrais bien savoir… ?! Enfin, si c'est de la philosophie… Tu peux y aller, c'est bon, ne te gène pas pour moi. Je m'en voudrais que tu éclates à cause de moi.

– Tttt ! Trop tard, ça se fait à l'instinct, ce genre de choses. Faut pas le réfléchir. Là, c'est fini, tu vois, j'ai plus l'inspiration.

Le Mérou a déplié une carte de France sur l'herbe. Il s'est agenouillé devant, en claquant des mains sur ses cuisses :

– Parlons peu, parlons bien ! Comme disait mon grand-père.

Il a eu un geste large de la main, généreux, en ajoutant : « Choisis ! », comme s'il m'amenait à la pâtisserie. Je me suis assis à côté de lui, la carte étalée devant nous. On l'a regardée en silence. Et puis le Mérou a soupiré :

– Rien que ça, c'est exaltant, non ?

– Pfff ! *Exaltant* ! Tu as pas trouvé plus fort ?! Tu as de ces mots, toi, des fois !...

– Ouais, exact, pour toi vaut mieux que je sous-titre : rien que ça, c'est *bandant*, non ?

– Ben voilà, là je comprends mieux ! Et au moins, *ça-ha, c'est vraiment toi-ha !*

Il m'a donné un coup d'épaule, j'ai simulé un vol plané.

Mais il avait raison, mon Mérou, le simple fait de voir tous les trajets possibles, ça donnait des fourmis, des envies de bouger.

Si on habite ici, dans ce coin du pays qui n'est pas le plus moche, sans doute, mais pas loin, c'est une question de circonstances, comme dirait le Mérou. C'est ici, pas ailleurs, que nos parents vivaient, bossaient, avant qu'on naisse. Et parfois leurs parents avant eux. On y est devenus grands, on s'y est emmerdés. Pourtant, de tous côtés, il y a toujours eu des routes, des chemins. Pas de barrière, de frontières. Pas besoin de laissez-passer. Depuis toujours, le monde commençait autour de notre ville. Alors, qu'est-ce qui nous a tenu les pattes au sol plus sûrement qu'un collet ?

Le Mérou devait penser la même chose.

Du bout de son gros doigt, il suivait un itinéraire, un autre, un autre encore, lentement. Vers la mer, la montagne, les frontières, vers le sud ou le nord. Il marmonnait tout seul.

Puis il a soupiré :

– Putain, on a le choix, c'est clair ! Faudra juste un peu de pognon pour la bouffe et l'essence.

Elle n'était pas si chère, au fond, la liberté.

Alex nous a rejoints un peu plus tard, avec Gérard dans sa poussette.

Dès qu'il a vu le side, il s'est mis à crier et à rire, en s'avalant presque toute la main.

C'était étonnant à voir. Pourtant, à partir de maintenant, je crois que ça restera pour moi l'image du bonheur. Ça peut paraître con, mais – une fois passé le choc initial – j'ai parfois l'impression que c'est lui qui est normal, et nous handicapés.

Quand on aborde la trentaine, en principe, on a appris à se mettre un bâillon sur la bouche. Se laisser aller comme les gamins, ça revient à passer tout de suite pour un taré.

Essayez, vous verrez.

À notre âge, est-ce qu'on peut encore dévaler une pente de gazon en se laissant rouler ? Monter sur les toboggans ou les tourniquets, dans les squares ? Ouvrir sa bouche quand elle est pleine pour montrer ce qu'il y a dedans, comme on faisait dans le dos du pion, à la cantoche ? Est-ce qu'on peut sauter à pieds joints dans les flaques ? Soulever les jupes des filles sans que ce soit sexuel ? Leur faire Pouêt Pouêt Camion ? Pousser des cris de sioux dans la rue ? Gueuler *Na-na-na-na-na* en se bouchant les oreilles, pour couvrir la voix de quelqu'un qu'on n'a pas envie d'écouter ? Tirer la langue aux gens qui nous emmerdent ? Dire tout haut « Tu as vu la grosse dame ? » Est-ce qu'on peut bouder contre un mur, la tête calée dans le pli du coude ? Donner des coups de pied ou tirer les cheveux ? Écrire des mots d'amour avec des cœurs autour et donner une gomme ou un bonbon en gage ?

Quelquefois, je me dis que devenir adulte, c'est perdre pour toujours le droit de s'amuser.

Je ne tenterai plus jamais d'escalader le mur de la mairie, c'est sûr. Sauf en étant déchiré à la bière. Et même dans ce cas, je n'en suis pas certain. Je ne viderai plus ma tirelire pour faire ma collection d'images Panini. Je ne ferai plus le concours de celui qui pisse le plus loin. Je n'essaierai plus de devenir champion du monde de la plus grosse bulle en Malabar, avec les fils roses et poisseux collés jusque dans les cheveux.

Le Mérou et moi, on manque de maturité, peut-être. Mais la maturité, ça précède de peu le début du pourrissement. On a bientôt trente ans. On voudrait l'oublier le plus longtemps possible. On est des bulles de chewing-gum, nous aussi : plus on grandit, plus ça nous gonfle.

Peut-être qu'on en crèvera.

Gérard, lui, il s'en fout complètement de se tenir « comme il faut ». Il est au-dessus de tout ça, bien plus haut que la stratosphère. Comment faire autrement, quand tu as la gueule en vrac et le reste en pagaille ? Quand tu baves pire qu'un boxer, que tu bouffes tellement les mots que personne n'y comprend rien ? Quand les gens qui te voient passer se retournent en chuchotant, pour te mater en douce, comme si tu étais un alien ou un monstre de foire ?

C'est peut-être pour ça qu'il plaît tant au Mérou, Gérard. Même combat. Rien à carrer de rien. Hors gabarit, hors normes.

Le jour où je l'ai vu pour la première fois, je me suis dit qu'avec sa tête, il devait avoir un QI de têtard. Mais non. Il est intelligent, Gérard. Pas de chance pour lui. Malgré tout, il se marre et il aime la vie.

Il fout la honte.

Le Mérou le contemplait, en train de se taper une grosse crise de joie bien baveuse devant son side-car. Il avait un sourire attendri, maternel. On aurait dit une grosse poule de dessin animé devant son poussin préféré.

Soudain, il a lâché :

– Ça te dirait, de faire un tour ?

Gérard s'est arrêté net, il est resté bloqué entre deux éclats de rire, la bouche grande ouverte. Il a seulement cligné des deux yeux, plusieurs fois, et c'est tout.

On attendait qu'il nous réponde, mais il se contentait d'ouvrir et de refermer la bouche, sans un bruit. On aurait dit un poisson hors de l'eau.

– Putain, hé ?! Ho ?! Respire ! a fait le Mérou, inquiet.

– Gérard ? a dit Alex, un peu stressée aussi.

Enfin on a entendu une sorte de hoquet, puis c'est venu de très loin à l'intérieur de lui. Quelque chose entre un cri de guerre et un chant de la victoire, que je ne saurais pas bien décrire. Ça s'est terminé par un *Ssschhuper !* ravi.

Le Mérou a soupiré, soulagé. Il a dit :

– Bon, ben apparemment, c'est oui !

Faire entrer Gérard dans le side, ça n'a pas été simple.

Finalement, Alex a décidé de monter dans le panier avec lui, pour le caler, et pour le rassurer peut-être. Ils sont maigres tous les deux, ils n'avaient pas de mal à se caser l'un à côté de l'autre. Elle s'est installée la première.

On est allés planquer le chariot quelques mètres plus loin, derrière le pont, sous des broussailles. Personne ne pourrait savoir qu'il était là.

Gérard était dans un état pas possible, complètement surexcité.

On était écroulés de rire rien qu'à l'entendre chanter sur tous les tons *Ssschhé ssschhuper ! Ssschhé ssschhuper ! Ssschhé-ssschhu-peeer !*

Le Mérou dirigeait les opérations d'insertion de Gérard dans le side comme s'il s'agissait de l'arrimage de la capsule Soyouz à la Station spatiale internationale.

Alex dedans, lui dehors, moi prêt à parer je ne sais pas trop quoi, mais concentré quand même. Et Gérard, qui dépassait soudain d'un pied ou se détendait d'un bras, et sur lequel on n'osait pas appuyer pour le tasser un bon coup, bien que l'idée nous tente...

– Gérard, tu m'entends ? gueulait le Mérou, comme si l'autre était au fond d'un gouffre.

– Hhui ! faisait l'autre, d'une voix étouffée.

– Cool, Gérard ! Cool ! Il faut que tu te décontractes, OK ? Tu es tout raide, là !

– Oké-sscheff !

– Sois zen, putain !

– Hhui, zje sschhuis zjjenn !

Enfin, on a réussi notre coup. Gérard s'est retrouvé assis contre Alex, qui l'entourait de son bras, aux épaules. Il s'adaptait très bien à la forme du siège. Il avait l'air d'avoir trouvé sa place, bien à l'abri dans sa coquille.

On a pu refermer le side.

Le Mérou a rejeté ses cheveux en arrière au ralenti, il a mis son casque, et m'a refilé celui qu'il avait emprunté à sa sœur pour me le faire essayer, en prévision de notre départ.

Je suis monté derrière lui, ce qui ne me laissait pas tellement de place.

Il a levé le pouce en direction d'Alex, qui a fait pareil depuis son bathyscaphe.

Il a clamé, d'une voix forte :

– *Yes, we can !*

Puis il a fait un grand geste du bras, pour donner le départ.

On aurait cru que tout le reste du convoi allait s'ébranler après nous, en route vers l'Ouest, dans un flot de poussière, sur l'air de *Swing low, sweet chariot*.

On n'est pas allés très loin : un petit tour sur le chemin communal, un bout de départementale, et retour au canal. C'était quand même une aventure, pour Gérard, en tout cas.

Ensuite, il a fallu le désincarcérer de sa carlingue, ce qui a pris presque autant de temps que pour l'y faire entrer. Une fois sorti, on l'a aidé à s'asseoir sur l'herbe. Il n'avait pas l'air plus en vrac que d'habitude, et il était content, aucun doute là-dessus.

Il nous a regardés tour à tour, les yeux brillants.

– Sschh'ékait sscchhuper ! Merscchi !

– C'est bon. Pas de problème. On remet ça quand tu voudras… a répondu le Mérou, flegmatique, pour bien montrer à tout le monde et surtout à lui-même qu'il n'en avait vraiment rien à cirer, parce que quelle connerie, vraiment, les émotions.

– On y rek-hourne ? a fait Gérard.

– … Euh, tout de suite ?… Ben… Si tu veux…

Gérard s'est marré, il a dit :

– No-no-non, sscch'ékait pour rikholer !...

On est allé récupérer sa poussette, on l'a réinstallé dessus. Au bout de cinq minutes, il s'écroulait en sieste. Alex est allée le couvrir, pour ne pas qu'il attrape froid. Elle nous a expliqué qu'il dort beaucoup, et qu'il est très frileux. Un sac d'os, ça ne peut pas conserver la chaleur, c'est normal. Dommage que le Mérou et lui ne soient pas des vases communiquants.

Ensuite on a sorti les bières, les pizzas et la carte de France. Alex avait déjà mangé, mais elle est quand même venue grignoter avec nous. Elle a jeté un coup d'œil sur la carte.

J'ai dit :

– Tu peux nous montrer les coins que tu connais déjà, toi ?

Elle connaissait tout.

Du coup, on lui a demandé des conseils, son avis. Avant de nous répondre, elle a voulu en savoir davantage. On partait pour quoi faire ? Et pour combien de temps ?

On lui a répondu qu'on partait pour partir, et que ça prendrait le temps qu'il faudrait.

– Ce que j'aime chez vous, c'est votre précision ! elle a fait, avec un petit sourire en coin.

C'est le *Guide du routard*, cette fille.

Pour chaque ville qu'on lui montrait, elle nous citait un bon plan, une adresse. Le Mérou la regardait avec un respect grandissant, qui se traduisait par un ralentissement progressif dans le décapsulage de cannettes.

On a blagué un bon moment, mais le soir tombait de plus en plus vite et Alex devait ramener Gérard. J'ai décidé de la raccompagner, le Mérou a préféré m'attendre. Il avait du boulot en retard, une bonne pile de cannettes qu'il devait intégrer à son chantier en cours.

Il a dit que ça tombait bien, qu'il voulait s'entraîner un peu au tir de nuit.

Ce n'est pas le genre à bâcler son travail, il faut le reconnaître.

Alex crèche tout près du canal, en fait. C'est un peu isolé, entouré de terrains vagues. Pas très loin de la route. Je n'étais jamais venu, dans ce coin-là.

Il faisait presque noir.

Légèrement en contrebas du chemin, je distinguais la maison, collée contre un hangar au toit de tôle, ou d'éverite, je n'y voyais pas assez. Un bout de jardin, une allée de gravier, quelques arbres, une vieille bagnole garée sur le côté.

Il y avait des fenêtres éclairées, au rez-de-chaussée.

En s'approchant, on a entendu le bruit d'une dispute, qui arrivait par vagues. Ça gueulait ferme. Une voix de femme, surtout, qui montait assez haut dans l'aigu.

J'ai dit :

– C'est l'ambiance jeunesse, là-dedans, on dirait !...

– Ils en étaient au tour de chauffe quand on est sortis, tout à l'heure. Mais je vois que tout va bien, ils ont atteint leur rythme de croisière…

– C'est souvent ?

– Je ne dirais pas « souvent », mais bon, ce n'est pas rare !…

– Ça ne te prend pas trop la tête ?

– Tant que ce n'est pas la nuit !... Sinon, tu sais, je m'en fous un peu. Je suis juste leur locataire, je m'en vais bientôt. C'est plutôt pour Gérard que ce n'est pas marrant…

On a reparlé deux minutes de lui, du petit tour qu'on lui avait fait faire en side, tout à l'heure.

De cette façon qu'il a, de prendre bien les choses.

Elle m'a expliqué qu'il connaît des poèmes. Qu'il en sait sur la vie beaucoup plus qu'il n'en dit, parce que le problème, pour lui, c'est justement de « dire ».

S'il ne parle presque pas, c'est parce que c'est un effort pénible et inutile.

– Il dit « OK, super, oui, non… », pas beaucoup plus, tu vois ? Il se limite. De toute façon, chaque fois qu'il essaie de parler, ou presque, il prend un bide, alors il va à l'essentiel, il n'est pas con. Pourquoi veux-tu qu'il se fatigue ?

– Oui, à quoi bon ?

– J'aime bien votre façon de faire, avec lui. Vous ne le traitez comme une plante verte. Franchement, je n'aurais pas cru ça de vous. Surtout pas d'Olivier, quand il me balançait ses cannettes vides en m'aboyant dessus.

Elle a eu ce petit rire que j'aime bien, très moqueur, très sympa quand même.

Je lui ai répondu que le Mérou m'avait surpris aussi, même si j'avais toujours su que c'était un mec bien. Que depuis quelques jours, je le voyais d'un autre œil.

– Pour lui non plus, c'est pas toujours facile. J'ose même pas lui poser la question, mais je crois bien qu'il n'a jamais eu de copine, les filles le trouvent toujours trop gros. Son père le prend pour un crétin, alors que c'est le mec le plus intelligent que je connaisse. Il ne vit pas du tout la vie qu'il aimerait. Il s'est trompé de scénario.

Je lui ai parlé des rêves du Mérou, des sommets à 8 000. Je n'avais pas l'impression de trahir un secret, je sais qu'Alex est le genre de fille qui peut tout écouter.

Et puis Gérard s'est réveillé, il l'a appelée, d'une voix tout endormie. Elle s'est penchée vers lui, il lui a dit quelque chose à l'oreille, elle lui a fait répéter, et elle a répondu : « Oui, oui, ne t'en fais pas, on y va tout de suite ! »

– Bon, on te laisse, Gérard a besoin de rentrer, pour… enfin, tu comprends, quoi ! De toute façon, j'ai peur qu'il prenne froid. Il ne sort pas aussi tard, d'habitude.

– Oui, tu as raison ! Faudrait pas qu'il chope la crève. On se voit demain ?

– Peut-être, oui, je ne sais pas encore. Je t'enverrai un texto.

Elle a ouvert le portail, il y a eu quelques aboiements, dans la maison. Le pas de la porte s'est éclairé, un vieux clébard poussif est apparu sur le seuil en gueulant d'une voix éraillée, suivi par une grosse femme blonde, qui glapissait « Tobby, la ferme ! »

La femme a regardé vers le portail, mais il faisait trop sombre. Elle a crié :

– C'est qui ?

– C'est qui ? a répété une voix d'homme à l'intérieur, plus calme.

– C'est nous, a répondu Alex, en poussant le trolley sur le gravier de l'allée.

– Ah ben, on finissait par vous croire perdus ! a fait la femme, d'un ton aigre, en rentrant.

– Eh ben non, pas de chance ! a dit Alex à mi-voix.

Gérard a rigolé.

Alex m'a appelé, dans l'après-midi. Elle voulait me parler.

On s'est donné rendez-vous au Pyrénées, un petit bistrot sympa déguisé en chalet, où je vais rarement. On s'est installés tout au fond de la salle.

Elle m'a décrit le climat, chez Gérard. Et ce qu'elle sait de son histoire : la maman décédée, Bertrand qui ne dit rien. Marlène, plus bête que méchante, qui n'a pas la carrure pour s'occuper de Gérard, ni l'envie. Marlène qui voudrait bien ne plus jamais le voir, ni l'avoir dans les pattes, et qui rêve d'aller le perdre.

Les vacances en montagne.

C'était plutôt déprimant.

Je comprenais qu'Alex se sente partagée : ne pas intervenir, trouver une issue de secours ? Et laquelle ? Gérard n'avait pas d'avenir au sens où on l'entend, aucun espoir de changements. La phrase de mon père m'est revenue, tout d'un coup : *… deux bras, deux jambes, et la santé… ça n'est pas le cas de tout le* *monde*. Pas le cas de Gérard, c'était plus qu'évident. Et les bons sentiments, ça n'y changerait rien. On n'avait pas de baguette magique, pour le refoutre droit, ou le faire aller mieux.

Et, à entendre Alex me raconter l'ambiance, je me disais que lorsqu'on est handicapé, vivre à certains endroits, c'est être condamné à une double peine.

Elle disait tout d'une voix posée, très froide. On aurait dit un rapport de police : des lieux, des faits, des citations. Je sentais que ça lui était utile, que pour garder son calme, ne pas se laisser glisser vers l'émotion, elle devait maîtriser son récit, le mettre à plat.

Je la regardais pendant qu'elle buvait son café : elle grillait sa clope en faisant du petit bois avec ses allumettes, qu'elle arrangeait ensuite en fagots minuscules, bien ordonnés, précis. J'aime bien les gens qui ont des manies, des gestes insignifiants qui en disent long sur eux. Ça ouvre des lucarnes, un peu, dans leur toiture.

Ensuite, elle m'a expliqué le projet d'une de ses copines.

Si j'ai bien compris, cette fille-là, c'était un peu pour elle ce que Stef est pour moi. Une sœur, une vraie, sans les inconvénients de la famille, ces foutus liens du sang, tellement serrés autour de nos chevilles qu'ils laissent trop souvent des marques indélébiles.

Elles ne se voient presque jamais, mais ça n'entame pas le capital entre elles. Elles y gagnent même, avec les intérêts. L'amitié, par les temps qui courent, c'est le dernier placement judicieux.

Puis elle m'a dit qu'elle venait d'avoir une idée.

Que si on n'était pas d'accord, ce ne serait pas un problème, qu'elle comprendrait très bien.

J'ai écouté. Elle cherchait à faire court, comme toujours. Avec ses petites phrases précises. C'était clair et net. Comme j'aime.

Je lui ai dit que j'allais en parler au Mérou.

Et je savais déjà ce qu'il me répondrait.

Le Mérou a dit oui.

Je lui ai expliqué que ce ne serait peut-être pas possible, en fait. Que de toute façon, ça risquerait d'être un peu compliqué.

– Et alors ? Qu'est-ce qu'on en a à secouer, que ce soit *compliqué* ?

Il venait de dire « on ».

J'étais admis au Mérou Club, je faisais enfin partie de ceux qui n'en ont rien à foutre. Et dans ce cas précis, c'était la vérité. Je m'en cognais complètement, que ce soit difficile.

Le Mérou m'avait rejoint au Pyrénées, après le départ d'Alex. Elle lui avait demandé de venir en même temps que moi, quand elle m'avait filé rancard, mais il était de garde.

Deux jours par semaine, monsieur Lemauroux a décidé de façon arbitraire et unilatérale que son fils s'occuperait lui-même des clients, à la boutique. Pour lui donner le sens des responsabilités, l'envie de « s'investir », comme il le dit lui-même.

L'opinion du Mérou, c'est qu'il n'est pas rentable, comme investissement. Mais il a beaucoup de mal à convaincre son père qu'il n'est pas fait pour être commerçant…

– Je ne sais plus comment lui faire comprendre que je n'en ai rien à cirer, de son magasin ! Rien que de dire bonjour aux clients, ça me gonfle. Et je te parle même pas des considérations sur le temps qu'il fait, qu'il a fait, qu'il va faire !

Le Mérou, entre autres dons, a celui de changer de voix, d'imiter les accents. Et, en particulier, il fait très bien les petites vieilles asthmatiques.

Il part avec un avantage : asthmatique, il l'est aussi.

– Ah, mooon Dieu qu'il fait chaud ! *hhhuiiiiiiisssshhh*. Mais on ne va pas se plaindre, *hhhuiiiiiiisssshhh*, après ce… *hhhuiiiiiiisssshhh*… mauvais temps !…

Je me marre.

Il continue :

– Cinquante fois par jour, je me tape la météo ! Et il voudrait que je passe ma vie derrière ce comptoir, à écouter les conneries des gens, en leur vendant des allumeurs quatre points, des grattoirs, des charnières ou du petit ménager ? Mes couilles, oui !

Le Mérou a respiré un grand coup, il n'aime pas s'énerver, ça le fatigue.

Et comme il dit lui-même, la fatigue, c'est épuisant.

Il nous a commandé deux brunes, pour se décrasser le palais. C'est une de ses théories personnelles : après un certain nombre de bières blondes, on devient mou de la papille, on s'encrasse, on se gâte un peu. Ça demande un réalésage.

Il faut se refaire au *bitter stout*.

Tous les œufs dans le même panier

Il y a sûrement une logique interne, une grande raison qui gouverne le Tout, je ne sais pas.

C'est ce que j'aime croire, en tout cas.

J'ai reçu un message de ma copine Clo. Je l'aime bien, cette fille. Elle démarre enfin le projet dont elle parle depuis cinq ans. Dans son mail, elle me disait de venir faire un petit tour chez elle. Elle avait envoyé des photos, pour me donner envie…

Je l'ai appelée pendant ma pause. Je lui ai promis de venir voir ça de plus près, dès que j'aurai terminé ici.

En rentrant, j'ai trouvé Marlène assise à la table de la cuisine – c'est son QG, son lieu de vie - devant un de ces magazines dans lesquels il n'y a rien à lire sauf les pages de pub, et les fausses études payées par les labos pour perdre vingt kilos sans changer son régime, ou vingt ans sans changer de peau.

Avenante comme un pit-bull, elle était.

Elle jetait sans arrêt des regards assassins à Roswell, avachi dans le fauteuil du séjour, qui tenait sur ses genoux un plein saladier de pop-corns.

De temps à autre, il tentait d'en lancer à Tobby.

– Vas-zji, le sscchien ! Ak-krappe !

Autour de lui, le tapis était constellé de boulettes blanches, poisseuses et caramélisées, que le chien trouvait par hasard en se traînant de la truffe, car il n'a plus de flair depuis bientôt deux ans.

– Ah-llez, Koh-bbhy ! Ahh-llez !

Rien à dire, ils faisaient bien la paire, tous les deux.

– Mais qu'est-ce qu'il a, à toujours aller se fourrer contre lui, ce chien ?!

Marlène, un peu jalouse, lèvres pincées, avait pris son air d'hépatite, à vomir tout le monde.

Elle regardait Roswell comme des chiottes de camping à laver.

Les idées d'abandon lui revenaient en force, je les voyais s'agiter derrière ses gros yeux bleus. Entre la montagne et elle, se dressait le Neuneu.

Enfin, elle a lâché :

– Mais regarde-le-moi ! Faire des tarés pareils, ça devrait être interdit.

J'ai failli lui répondre qu'elle avait bien raison, ça oui ! Que j'en parlais justement avec Stephen Hawking il y a quelques semaines. Et qu'il faudrait pouvoir sélectionner, un peu, non mais quand même, éliminer les scories, les bavures, pour qu'il n'y ait plus que des humains parfaits, qui nous ressemblent, à elle et moi…

Mais je savais déjà qu'elle m'approuverait, du coup ça me semblait moins drôle.

Soudain Roswell a réussi par hasard à envoyer un pop-corn dans la gueule du chien, qui devait être en train de bâiller juste à ce moment-là.

Il est parti dans un solo ébouriffant, pour se congratuler lui-même.

Marlène a écarté les bras, impuissante.

– Personne me le gardera, ce gogol, pas moyen ! Tu vois bien comme il est ! Jamais j'irai, moi, dans ces Alpes !

Elle avait l'air prête à se tirer une balle, tellement abattue que j'ai dit :

– Je pourrais peut-être m'en occuper.

Je m'étais prise de court. C'est emmerdant, mais ça m'arrive, de temps en temps.

– Tu ferais *ça* ?!

Elle avait posé la question si fort que Roswell a tourné la tête. Je lui ai fait une grimace. Il m'a fait un clin d'yeux. Je suis revenue à Marlène, j'ai tenté de calmer le jeu.

– J'ai dit « peut-être », attends, je ne te promets rien ! Il faut que j'y réfléchisse.

Elle me regardait avec des yeux émus, agrandis par l'espoir. Je me sentais nimbée de lumière divine. J'étais devenue son miracle, sa merveilleuse apparition.

Elle a redit, d'une voix faible :

– *Tu-fe-rais-ça ?*

Dans son regard passaient les années sans lumière, les jours toujours les mêmes, les rêves de gamine, jamais atteints, jamais réalisés.

Et puis ce cadeau du destin, le doigt de Dieu enfin posé sur elle : une semaine à Brides-les-Bains. Les œufs en neige, avec Bertrand. Le fameux point de vue remarquable au sommet, et les cartes postales à écrire aux voisines, attablée au balcon du restau d'altitude : *Beau temps et bon séjour, amicales pensées.*

Et quelque chose, au moins, à raconter.

– Je te dirai ça d'ici la fin de la semaine prochaine. C'est promis.

Marlène a fait « oui » d'une petite voix étrangement soumise, sans insister, sans chercher à en savoir davantage, ce qui trahissait bien son degré d'émotion.

Dans la journée, je suis allée en ville, voir Kaan. Il est beau, il est doux. Il me va bien au teint.

Il part demain pour Antalya, passer quelque temps en famille. Je ne suis pas certaine de le revoir, ensuite. Je ne le lui ai pas dit.

Je n'aime pas les adieux.

J'ai repensé aux vacances de Marlène, au gardiennage du Roswell. Et soudain le déclic a eu lieu. L'idée limpide.

L'Euréka.

J'ai appelé Cédric, pour lui demander s'il avait un moment de libre. Je voulais lui exposer tout de suite mon plan. On s'est retrouvés au Pyrénées.

Le patron devait être trappeur, castor ou caribou, dans une vie antérieure : il a transformé son café en chalet, avec du bois partout, des luges et des raquettes collées sur les murs en frisette, des marmottes en peluche et des fausses têtes de chamois empaillés. Une vraie cheminée, avec de grosses bûches. Le genre d'endroit où on se verrait bien manger une raclette même au mois de juillet.

Quand je suis revenue, le soir, ça sentait bon dans la maison. Une odeur de gâteau à peine sorti du four, qui m'a rappelé l'heure du goûter, lorsque j'étais petite, et m'a fait saliver malgré moi. Au centre de la table, Marlène avait posé un cake aux fruits confits.

Elle attendait mon retour. Ma réaction aussi, c'était visible.

J'ai souri, j'ai fait « Miam ! ». Ce n'était pas exagéré.

Elle s'est rengorgée, elle m'a dit :

– C'est pour ton petit-déjeuner de demain !

Et comme s'il fallait justifier cette offrande suspecte :

– À ton âge, il ne faut pas partir à jeun le ventre vide, il paraît que c'est mauvais, je sais plus trop pourquoi…

– Pour la digestion, peut-être.

– Ah ben oui, c'est sûrement pour ça !

En rentrant du travail, Bertrand a regardé le cake qui trônait sur la table d'un œil intéressé.

Mais Marlène lui a fait rengainer l'enthousiasme.

– C'est pour la petite ! elle a dit aussitôt, d'un ton qui ne supposait pas le moindre grignotage.

Il n'a rien répondu, ni tenté. Il a fait son Tobby, l'œil tombant et la truffe basse.

Pour un peu, je lui en aurai coupé une tranche moi-même, si je n'avais pas craint pour lui qu'il laisse des miettes sur le tapis.

J'ai noté que j'étais devenue « la petite » de Marlène, et je me suis demandé si cette affection nouvelle n'aurait pas, par hasard, un quelconque rapport avec la discussion de cet après-midi.

J'ai décidé de ne pas me répondre.

Que ce soit oui ou non, peu importe. Je ne suis pas libre à l'adoption.

Il a fallu tourner, retourner ce projet longuement, dans ma tête, tenter de le voir sous tous les angles. Et les angles étaient nombreux.

J'avais parlé à Cédric. Il a parlé à Olivier.

Puis on s'est retrouvés tous les trois, plusieurs soirs de suite, au canal, à la Brasserie, dans le garage d'Olivier. Je leur ai proposé de financer une partie du trajet, je leur ferais l'itinéraire. Au bout, c'était certain, il y aurait de quoi camper.

Ensuite je remonterais avec eux, avant de tirer définitivement ma révérence à Marlène et Bertrand, de m'envoler vers d'autres cieux, d'autres rencontres et d'autres préférences.

Olivier semblait partant, et même motivé. Je ne l'entendais plus dire à tout bout de champ qu'il n'en avait rien à cirer ou à foutre.

À la maison, Marlène me tournait autour sans oser me poser la question, mais je sentais que ça lui brûlait les lèvres. Après le cake, j'ai eu droit à du pain d'épices maison, du fondant au chocolat, et des îles flottantes.

Grâce à moi, Bertrand avait la permission d'y goûter, mais pas de se resservir, parce que les kilos en trop ça vient sans prévenir.

Marlène tapait dans le plat avec moins de scrupules, en répétant :

– Moi, ça ne risque rien, j'ai du métabolisme.

Enfin, un soir, avant que Bertrand ne revienne, j'ai dit à Marlène que j'étais d'accord pour m'occuper de Roswell pendant leurs vacances en montagne. J'ai cru qu'elle allait m'embrasser. J'ai précisé, pour lui couper l'élan :

– Je veux bien m'en occuper, mais à la condition que ce soit dans deux semaines, quand mon CDD sera fini. Ni plus tôt, ni plus tard. Je ne resterai pas ici pour rien. Et je ne veux pas non plus avoir à me charger de Tobby. Trouve quelqu'un pour le faire à ma place.

Marlène a piaulé aussitôt : « Oui, oui, bien sûr ! Ben alors, là, tu penses ! » Elle s'est ruée sur le téléphone, au cas où je changerais d'avis.

Elle a appelé l'hôtel Edelweiss, *deux étoiles, piscine, au cœur de la station,* pour réserver la chambre « deux personnes et demi-pension » que Bertrand avait gagnée sur internet. Hors saison, ça n'a pas été difficile. Ensuite, elle a téléphoné à madame Aulincourt, qui aime tellement les bêtes. Quand elle a raccroché, Marlène était radieuse.

Tout s'arrangeait enfin dans sa chienne de vie.

J'ai poussé la gentillesse jusqu'à lui montrer des photos de Brides-les-Bains, sur mon ordi. Je lui ai même fait faire une visite virtuelle de l'hôtel Edelweiss, sur leur site.

Les chambres avec balcon, le sauna, la piscine.

Pour la piscine, au bout du compte, elle devrait quand même s'acheter un maillot.

– J'irai voir à Cora, ils ont les bonnes tailles !

Marlène ne dit jamais les « grandes » tailles.

Elle s'est extasiée devant les photos du village, des remontées mécaniques et des vues du Grand Bec. Elle faisait des *Oh !* et des *Ah !*, sa petite bouche en cul de poule toute prête à me pondre un œuf. C'était beau comme dans ses rêves, elle ne pourrait jamais assez me remercier. Je lui ai prouvé aussitôt le contraire, histoire de la décontracter :

– Tu n'auras qu'à m'enlever les dix derniers jours de loyer, en échange.

Elle planait si haut dans son petit nuage qu'elle m'a dit d'accord, sans même discuter.

Ce n'est pas pour l'argent que je vais y gagner, c'est un principe. Je me méfie du bénévolat.

Je sais que dans l'esprit de la plupart des gens, ce qui ne coûte rien ne vaut pas davantage.

Je veux qu'elle paye pour Roswell. Pour lui donner de l'importance.

Et je ne veux pas non plus de sa reconnaissance. Les services rendus aux autres, surtout quand on les connaît mal, ça enchaîne de part et d'autre. Je n'aime pas avoir de dettes, et pas non plus de débiteur. On se quittera sans ardoise.

Marlène a passé la semaine pendue au téléphone, à risquer le tennis-elbow, pour expliquer à toutes les copines qui n'auraient pas songé à lui poser la question, ni à l'inviter ces jours-là, qu'elle était désolée – ah la la ! – mais qu'elle ne serait pas libre du 22 au 29, parce qu'elle serait en vacances.

Elle parlait fort, d'un ton peu blasé, pour expliquer qu'elle et Bertrand avaient décidé de prendre une semaine à la montagne, *finalement*.

Je l'écoutais décrire en détail l'hôtel Edelweiss – très bien, très accueillant – la piscine, les chambres. Et puis le casino, les remontées mécaniques, les thermes, la station.

– Une station *Olympique* !

Elle insistait légèrement là-dessus.

– Brides-les-*bains*, oui, oui, comme des bains ! Y en a qui doivent croire que c'est à la mer, avec un nom pareil ! Ha ha ! Mais non, c'est dans les Alpes de Savoie. Je te jure.

Je la regardais s'agiter, sortir les sacs et les valises, entasser des piles de vêtements sur les accoudoirs des fauteuils.

– Tu as le temps, non ? Vous ne partez que dans quinze jours !

– Un voyage, ça se prépare, figure-toi ! Ça ne se fait pas à tort et à travers, en dépit du bon sens commun.

– Oui, tu as sûrement raison, moi je n'ai pas l'habitude...

– Je me suis fait ma liste, pour penser à ne rien oublier.

Elle allait et venait de la chambre au séjour en passant par la salle de bains, sourcils crispés, la liste en main. Elle récitait à mi-voix, et quand elle passait près de moi je l'entendais marmonner *pull-over, chaussettes, dentifrice...*

Elle devenait patiente, et même avec Roswell.

Le soir, elle essuyait la nappe ou passait le balai espagnol à ses pieds, sans rien dire, lorsqu'il jouait les aérographes et nous repeignait le décor en éternuant dans le potage, ou en toussant ses spaghettis.

Elle ne s'acharnait plus sur Bertrand, sur personne, Marlène.

Elle gardait un sourire aux lèvres, un air rêveur, un peu mystique. Elle semblait en apesanteur, elle ne touchait plus le sol. C'était l'incarnation de la paix, du bonheur.

Je croyais voir Bertrand se déplier, se déployer, ouvrir sa cage thoracique, commencer à s'épanouir. Elle l'appelait Biquet. Il en ronronnait presque, foutait la paix à ses tranches de pain, ne faisait plus de petits cubes en mie, très soigneusement équarris.

Et je me disais qu'il en faut peu, pour que les gens existent.

Marlène et Bertrand sont partis un samedi matin, la Renault bourrée à bloc, la galerie de toit chargée comme un chameau et sanglée d'une bâche. Pour un peu, ils prenaient aussi leur matelas et leur table de camping. On aurait dit des réfugiés.

Marlène, fraîchement replatinée jusqu'au ras des racines, les sourcils épilés et les ongles repeints, est venue me plaquer une bise collante au fond de teint.

Elle m'a chuchoté *Merci !* dans le creux de l'oreille. Elle est étonnante, parfois.

Ensuite, elle est allée en faire une autre, du bout des lèvres, à Roswell qui s'est garé aussitôt des deux mains.

Une heure avant, elle avait fait ses adieux à Tobby, quand madame Aulincourt était venue le prendre. Roswell était en haut, avec moi. De sa chambre, on entendait monter la voix trop aiguë de Marlène, qui prenait le café avec madame Aulincourt, dans la cuisine.

– Mon pauv' bébé, mon gros pépère, il va rester tout seul sans Maman, mon Tobby ? Elle est gentille, madame Aulincourt, tu verras ! Hein, madame Aulincourt, que vous êtes gentille ? Aaah, tu vois ?

Roswell faisait la tête, il n'était pas content de voir partir le chien. Il aime beaucoup Tobby.

Au moment du départ, Bertrand est allé l'embrasser, lui aussi. Il lui a dit quelques mots que je n'ai pas entendus. Roswell hochait sa grosse tête, sa main tenue par celles de son frère. C'était la première fois que je voyais Bertrand avoir pour lui un geste d'affection mais, en les regardant, je me suis rendu compte qu'il y avait entre eux quelque chose de fort.

Je le voyais aux yeux lumineux de Roswell, à son sourire en écran large. Je n'avais pas tout compris de leur histoire, c'était certain.

Puis Bertrand est venu me serrer la main, avec son air empoté, mal à l'aise.

– Euh, ben, Alex... Euh, je vais te dire...

Comme d'habitude, il semblait vouloir révéler une chose importante, recommandation essentielle, ultime volonté, peut-être. Testament.

– Bon, alors, on y va, ou c'est qu'on prend racine ? a râlé Marlène, déjà assise dans la voiture, la ceinture bouclée, le coude à la portière.

– Oui, bon, voilà, je viens... Euh, Alex, si tu as besoin de quelque chose, tu ...

– Si elle a besoin, elle appelle madame Aulincourt, elle le sait déjà, ça ! a coupé Marlène. Bon, dis, Alex, tu m'en veux pas, mais tu me le fais pas discuter, sinon on y est encore à la Toussaint Glinglin !

J'ai serré la main de Bertrand, je lui ai souhaité une bonne semaine. Il a eu un vague sourire. Peut-être un peu ironique ? Je me faisais certainement des idées.

Marlène fixait obstinément le portail, le chemin, en tapotant des doigts sur le montant de la vitre. Elle ne tournait même plus la tête, on ne faisait déjà plus partie du décor.

Lorsque Bertrand s'est installé au volant, je l'ai entendue lui dire d'une voix vinaigrée :

– C'est pas trop tôt, dis donc !

La Renault a démarré dans un nuage de fumée d'échappement.

Roswell, assis sur son fauteuil, dehors, faisait de grands « au revoir ».

Je les ai regardés s'en aller, je suis rentrée nous faire du café.

J'ai envoyé le SMS.

Une demi-heure après, les cow-boys étaient là.

On a entendu un bruit de moteur, loin sur le chemin, qui se rapprochait peu à peu du portail.

Roswell s'était assoupi, à l'abri du petit parasol. Il s'est réveillé brusquement, et il a regardé la moto s'engager dans l'allée, puis la descendre au ralenti. Il a eu l'air abasourdi.

Il s'est cramponné des deux mains aux bras de son fauteuil, il a donné des coups de tête frénétiques dans le vide, puis il s'est mis à se manger les doigts.

Olivier a coupé les gaz. Cédric et lui sont descendus du side.

– Alors, tu es prête ? a demandé Cédric.

– D'après toi ?!

Je suis allée dans la maison, j'en suis ressortie avec mon sac à dos, mon duvet, mes affaires. Cédric m'a aidée à caser tout ça dans la remorque et les sacoches, qui étaient presque pleines, déjà.

Roswell nous regardait faire, un peu anxieux. Il cherchait à comprendre. Il semblait tout petit dans son fauteuil. Son regard ricochait nerveusement de la maison au side, de Cédric à Olivier, et d'Olivier à moi.

Je me suis tournée vers lui. Je lui ai fait un clin d'œil.

– Tu ne croyais quand même pas que j'allais rester à m'emmerder ici pendant toute la semaine ?

Olivier est venu poser un grand sac en papier sur ses cuisses.

Il lui a dit :

– C'est pour toi !

Puis il a attendu, adossé au mur de l'entrée, en buvant une bière.

Roswell a eu un peu de mal à ouvrir son paquet, mais on s'est bien gardé de l'aider à le faire. On se foutait de lui, pour se détendre un peu.

– Prends ton temps, prends ton temps, on a toute la semaine ! disait Cédric, en rigolant.

Et Roswell se marrait, ça aggravait le tout. Plus il est ému, et plus son corps fait sécession d'avec sa volonté, et moins il est synchrone avec ce qu'il veut faire.

Soudain, il a dit : « Oh ! »

Dans la poche, il y avait un tee-shirt noir, avec des flammes rouges. Le même que celui d'Olivier. Je l'ai aidé à le mettre. C'était dur pour passer la tête, et le reste flottait un peu, au large autour des os pointus. Ça lui arrivait presque aux genoux.

– Tu es beau comme un camion ! lui a dit Cédric.

Roswell a eu un sourire timide, il ne savait pas trop quoi penser du cadeau. Est-ce que c'était pour dire adieu ? Est-ce qu'on allait le planter là ? Il nous regardait sans rien dire, branlant et frémissant, appuyé de guingois à la table du jardin.

Puis il m'a vu charger sa couverture dans la remorque, celle qu'il tète pour s'endormir, et son grand pull marron, et ses vieilles pantoufles.

– Et tu ne croyais pas non plus que j'allais te laisser ici tout seul pendant toute la semaine ? Pour que tu fasses des conneries, ou que tu mettes le feu en faisant du pop-corn ?

– Ho ?! Tu aimes le pop-corn ? Sérieux ? a demandé Olivier.

– Ah sscha, hhui ! a répondu Roswell en se fendant d'un de ses célèbres sourires, gencives à l'air et lèvre retroussée jusqu'aux narines.

– Cool. J'adore ça aussi, faudra qu'on s'en fasse !

– *Cooool !* a redit Roswell.

On a chargé le restant des affaires, mis la clé sous le paillasson. Ma copine Clo nous attendait, ce soir on dormirait chez elle. On a tassé Roswell, je me suis assise près de lui.

On était partis pour de bon.

Hier, avant le départ, je suis passée chez Kaan. Je savais qu'il était déjà parti pour la Turquie, mais je lui ai laissé une photo de nous deux, et une photo de moi toute seule, dans sa boîte aux lettres. C'est la première fois depuis longtemps que je réagis comme ça.

Il était vraiment temps que je m'en aille, je crois.

Avant de démarrer, on a expliqué à Roswell qu'on avait eu envie de partir tous ensemble, et avec lui aussi, pour toute la semaine. S'il voulait bien. Au fait, est-ce qu'il voulait ?

Il s'est marré.

Je ne lui avais parlé de rien avant, pour lui faire la surprise et, surtout, pour ne pas risquer de le décevoir, au cas où il y aurait eu un problème de dernière minute.

Mais tout allait au mieux : Marlène et Bertrand faisaient route vers les œufs, le chien était casé, et ma copine Clo était ravie à l'idée de nous héberger.

Telle que je la connaissais, elle devait être en train de préparer les chambres, ou le repas de ce soir. Je la voyais déjà dresser sa table avec amour, faire de petits bouquets ou de jolis pliages de serviettes. Elle fait partie des gens qui accordent de l'importance aux détails, qui mettent des guirlandes et des petites lumières juste pour le plaisir et pas pour l'occasion, et qui vous font une table de fête même s'il n'y a que des pâtes à manger.

Elle emballe la vie dans du papier cadeau, ma belle Clo.

Lorsqu'Olivier a démarré, Roswell m'a regardée, avec ce grand sourire étrange et dérangeant, que je finis par trouver beau.

Dans une semaine, jour pour jour, il faudrait le ramener chez lui, pour le confier de nouveau aux bons soins éclairés de Marlène. Fin de la récréation.

Le rendre à sa chambre avec la vue sur rien, à la télé qui gueule toujours trop fort, aux journées longues qui ne mènent nulle part.

En attendant, il faisait beau, on avait du chemin à faire, et des choses nouvelles à voir.

Qui n'a jamais voyagé avec quelqu'un comme Roswell ne sait pas ce que le mot *Aventure* veut dire. Arrêts pipi fréquents sur tous les bords de route, avec extraction du fœtus – mort de rire – hors du side, sous les yeux horrifiés des automobilistes. Aires de pique-nique transformées en spectacles gratuits, giclées de sauce ketchup sur bas de pantalons, *Scchhupeer !* tonitruants, chants du départ, de l'arrivée ou du quatre-heures, fausses routes de Coca, touristes mal à l'aise, et réflexions sereines du Mérou :

– Tu serais pas un peu maladroit sur les bords, toi, des fois ?

– Szjusschte un peu ...

Au premier repos nécessaire, Olivier en a profité pour s'ouvrir quelques bières.

– Tu devrais pas picoler autant, quand tu conduis ! a dit Cédric, sans trop de conviction.

– Je ne picole pas, j'enlève du poids dans les sacoches, c'est pour l'écologie : ça fera des économies de carburant. Et puis qu'est-ce que t'en as à branler, de mourir ? Tu crois qu'elle est belle, ta vie ?

– T'es lourd, des fois, tu sais.

– Je suis pas lourd « des fois », je suis lourd *tout le temps*. Me sous-estime pas, ça me vexe !

Cédric a fini par lâcher l'affaire, il est allé pointer le trajet sur la carte.

Pendant qu'Olivier allégeait consciencieusement le side à petites gorgées, Roswell observait les nuages, le paysage autour de nous. Avant de repartir, Olivier l'a fait marcher sur le bord de la route. Je lui ai massé les jambes et les bras pour l'assouplir un peu, lui faire circuler la sève dans les tiges.

On a attaqué la campagne. Roswell déclamait des poèmes.

Il a fallu sept heures pour arriver au but.

Aux deux tiers du trajet, on s'est arrêtés dans une station-service. J'en ai profité pour aller remplir une bouteille d'eau dans les toilettes, et vider ma vessie, tant que j'y étais, et je suis revenue vers le side.

Un gros berger allemand agressif, entravé, aboyait en montrant les dents, et en tirant comme un forcené sur sa chaîne, pendant que Cédric faisait le plein. C'était après nous qu'il en avait, ce chien, on le voyait bien. Il ne devait pas aimer les side-cars.

Tout à coup, comme dans un film, l'anneau qui retenait sa chaîne s'est descellé du mur, et le fauve a bondi, les yeux fous, la gueule écumante.

J'ai vu Olivier se tétaniser sur sa selle, je me suis souvenue que Cédric m'avait parlé de sa phobie des chiens. Cédric tentait désespérément de raccrocher la pompe en inondant les siennes ; Olivier remontait ses deux genoux aussi haut que le lui permettait son ventre, comme si ça pouvait mettre ses mollets à l'abri ; le pompiste, violet, au bord de l'apoplexie, courait vers nous en hurlant : « Couché, Gazoil ! Couché ! ».

Et moi, je ne voyais plus que les bâches qu'on venait d'ouvrir en grand pour s'aérer un peu, et Roswell sans défense, dans le baquet du side.

Roswell qui, tout à coup, agitait un bras en appelant, bien fort :

– Le sscchien ? kk kk ! Ku viens, le sschien ?

Le berger, médusé, a pilé sur ses pattes, puis il s'est jeté sur Roswell avec tellement d'élan qu'il est presque entré tout entier dans le panier.

– Oh putain, meeeerde ! a beuglé le pompiste.

Je l'ai vu retourner dans la station-service au pas de course. Je me suis précipitée.

Deux secondes plus tard, le pompiste ressortait avec une batte de baseball, Cédric avait lâché la pompe. Olivier avait giclé de sa selle en vitesse, et s'était éloigné de plusieurs mètres. Des automobilistes affolés se précipitaient déjà, tout en dégainant leurs portables, pour appeler les secours ou prendre une photo souvenir, va savoir.

Et on a entendu la voix étouffée, mais tranquille, de Roswell :

– Hésschantil-toi, hein ? Hésschantil, le sschien !

Le pompiste répétait : *Oh putain ! Oh putain !* de moins en moins fort, d'une voix essoufflée, en se rapprochant de nous. Quand il a enfin découvert le tableau, il est resté là, près de moi, bras ballants, sa batte de baseball à la main.

Les curieux se taisaient tout à fait.

Dans le side, le clébard poussait sa tête énorme contre la barbe noire et les cheveux en broussaille, en donnant des coups de langue frénétiques à Roswell, couvert de poils et de bave de chien. Ils se faisaient des mamours, des câlins, à ne plus savoir lequel des deux était en train de saliver sur l'autre.

Sur le parking, j'ai entendu des rires, et puis des applaudissements, et encore, et encore.

Le pompiste a donné une casquette publicitaire à Roswell, qui mettait en valeur ses oreilles, et convenait très bien à son genre de beauté, puis il est allé enfermer le chien.

On est repartis sous les vivats.

Le Mérou était fier de Roswell comme un nouveau papa.

Je me suis dit que les chiens n'ont pas d'*a priori*.

C'est toujours ça.

Clo nous attendait sur le seuil de la porte.

Elle nous avait sûrement vus arriver de très loin. Par ici, l'horizon ne manque pas de place. Tout est vaste, tranquille. Un peu trop, pour les citadins.

Au téléphone, je lui avais parlé de Roswell, d'Olivier, de Cédric, par précaution, mais sans entrer dans les détails. D'ailleurs, comment décrire Roswell sans tomber aussitôt dans la caricature ? Je préférais qu'elle le découvre tel qu'il était vraiment, tel que je l'avais découvert quelques semaines auparavant.

Du coup, je me mettais tout à fait à sa place. J'imaginais le choc.

L'engin, déjà. Un side noir et rouge, avec une remorque.

Pas banal.

Et les quatre têtes d'œuf, dont je faisais partie, dans le même panier.

Cédric est descendu le premier. Il a fait le tour du side pour relever les bâches.

Je m'en suis sortie sans peine, et je suis allée faire la bise à Clo.

Pendant que Cédric déchargeait les sacs et les affaires, Olivier a extrait Roswell du side avec douceur, de ses grosses mains d'accoucheur.

Roswell était cassé par le voyage, les cahots, l'émotion, tout ce grand changement. Il semblait ramolli, à moitié endormi, incapable de tenir sur ses jambes. J'ai entendu Olivier lui poser une question, et Roswell a hoché la tête par le travers, pour dire oui.

Clo ne me regardait pas, on aurait bien le temps de parler tout à l'heure, elle et moi. Pour l'instant, elle semblait complètement fascinée, captée par le spectacle.

Cédric, fin comme un flamand noir, un peu raide, perché haut sur ses pattes maigres.

Roswell, ce troll maigre et poilu avec une casquette trop petite pour lui, qui lui souriait à grand renfort de dents, et de gencives roses.

Olivier, magnifique.

Tellement grand et tellement énorme, tout en ventre, en cuissots. Le casque au pli du bras, les cheveux longs plantés haut, la barbe clairsemée, les bottes de biker avec des éperons, Roswell en bandoulière, et le blouson en cuir large ouvert sur le ventre imposant, orné de flammes rouges.

Il venait vers nous à pas lents, le regard fixé sur Clo. Et je croyais la voir avec ses yeux à lui.

Grande, grosse, dodue, opulente. Copieuse. Solide comme une tour. Ferme comme un matelas grande taille en latex. Un rêve de confort, de douceur et de sexe.

J'évitais de me tourner vers elle, pour ne pas croiser son regard. Je la connais bien, la bougresse. Elle fait partie des femmes qui veulent de la chair et du gras sur le muscle, du bourrelet, du capiton.

Elle ne veut que des hommes édredons, larges, moelleux et confortables.

Tout en continuant de vider la remorque et d'entasser nos sacs, Cédric regardait autour de lui, l'air vaguement paumé. Ici, finie la terre plate, avec pour seuls reliefs les pylônes, les usines et les champs d'éoliennes. Sous ses yeux, des collines, des bois. Et les fruitiers, les ânes dans le pré, les volailles dans le poulailler, les chèvres, la maison aux volets rouge sombre, aux fenêtres fleuries, les bâtiments autour, hangars et appentis. Le ciel bleu comme une affiche d'agence de tourisme. Trop beau, mais pourtant vrai.

Quelle angoisse, pour lui !

Le soir même, on a mangé dehors, il faisait tiède.

Clo avait invité plusieurs amis à elle, et quelques voisins sympathiques, parmi lesquels un couple d'agriculteurs, deux Anglais retraités, un menuisier ébéniste, et une jeune femme, toute fine et menue, dont Cédric a évité avec obstination de croiser le regard, pendant toute la soirée. Mais j'ai cru remarquer qu'il se tournait souvent vers elle.

Clo a parlé aux garçons de son projet, d'elle, de son « parcours », comme on dit dans les entretiens d'embauche. Elle a bossé longtemps avec des gosses, et ensuite dans un centre d'aide par le travail. Ici, elle voudrait faire quelque chose dans le même genre, en plus polyvalent. Un endroit différent, qui fasse en même temps ferme éducative, culture bio, fromages de chèvre, visites de classes, gîte d'enfants et table d'hôtes…

Elle ne sait pas très bien encore, elle laisse la place à l'instinct. Clo est pleine à ras bord de bons sentiments et de bonnes idées. Et la plupart du temps, elle arrive à les mettre sur pied. Elle est têtue, et forte.

Il lui a fallu plusieurs années pour trouver le bon endroit : cette grande ferme tranquille, entourée de forêts et de terres cultivées. Mais seule, pour une femme, même pour une Clo, c'est vraiment difficile. Il faut de la main-d'œuvre, pour le tracteur, la traite, les engins agricoles. Des bras supplémentaires, pour remonter deux trois murs, casser deux trois cloisons, refaire un toit, une salle d'eau, enfin bref, des bricoles…

Elle nous a expliqué tout ça en nous servant un coq au vin dont on savait déjà qu'il serait inoubliable. Elle a conclu, en regardant Olivier, qui se léchait les doigts pour ne pas perdre une goutte de la sauce qui imbibait son pain :

– Je manque d'hommes, ici.

Puis elle a ri toute seule de l'interprétation possible de sa phrase, et elle est vite partie chercher une bouteille à la cave, pour couper court aux réflexions.

Olivier n'a pas quitté son sillage, le nez levé, l'œil fixe, figé en chien d'arrêt, jusqu'à ce qu'elle reprenne sa place. Ils étaient beaux comme deux montagnes qui se seraient enfin rencontrées, Gargamelle et son Grandgousier.

Roswell est allé dormir très tôt, il était épuisé. Tout le monde lui a souhaité bonne nuit, d'un ton normal, sans en faire des tonnes.

Clo lui avait préparé une chambre au rez-de-chaussée.

Je l'ai accompagné. Je lui ai donné sa couverture. J'ai laissé la veilleuse allumée. Je lui ai fait le bisou du soir, dans sa barbe qui pique.

– Aleksh ?

– Oui ?

– Sschh'est khré sschholi, iscchi !

– Ah ?! Ça te plaît, alors ?!
– Hhui.
– Tant mieux. Ça me plaît bien, à moi aussi.

Clo et moi, on a discuté tard dans la nuit, pendant que les garçons se chargeaient de la vaisselle. On a dérivé çà et là. Sa vie, ma vie, le temps qui passe. Les hommes, les mecs, les gars, les hommes. Et l'âge qui nous vient, même si on ne veut pas. Elle aimerait fabriquer un gamin, maintenant. Elle dit qu'elle y pense, de plus en plus souvent.

– Trente et un ans, ça commence à devenir le moment, tu crois pas ?

– Oui, sûrement.

Je ne sais pas. Pour moi, le moment pour avoir un enfant, ce sera le jour où je rencontrerai quelqu'un qui me donnera l'envie de lui en bricoler un. Sans que cette envie fasse naître en moi, à la même seconde, celle, beaucoup plus forte, de m'échapper tout de suite, très loin.

– Tu crois qu'ils pourraient rester quelque temps, tes copains ?

– Les deux ?

– Oui. Ou l'un des deux, au moins.

– Olivier, par exemple ?

– Par exemple.

– C'est une question complètement désintéressée, bien entendu…

– Bien entendu.

– Coquine.

Je l'ai sentie sourire, dans le noir.

Une semaine, ça passe vite. Mais il en faut bien moins pour changer une vie.

Olivier s'est brutalement découvert une vraie passion pour le bricolage, y compris le dépannage électroménager. Il est partout dans la maison. Il visse, il colle, il soude, il remplace des joints, des boîtiers électriques, des prises. Je ne l'avais jamais vu aussi actif, même si sa cadence reste très raisonnable. Cédric semble encore plus abasourdi que moi. En le voyant changer une pompe à vidange en sifflotant, il n'a pas pu résister :

– Putain, ton père serait trooop fier, s'il te voyait !

Olivier a ricané.

– C'est toi qui me dis ça ? C'est pas toi qui es parti chez la voisine avec une truelle, tout à l'heure ?

– Bah, ça va, c'était pour lui replâtrer une fissure, c'est tout.

– Tu appelles ça comme ça, toi ? Replâtrer des fissures ?... Ah bon, OK. C'est poétique.

Cédric s'est échappé en trouvant un prétexte.

Olivier m'a fait un sourire entendu.

Il y a peut-être quelque chose qui couve, dans le petit cœur sinistré de Cédric. Mais je le sens fragile, pas prêt à en parler, à y croire.

Pour aimer, il faut parfois du temps, du calme et du secret.

Olivier s'est épanoui, ma belle Clo a le teint rose.

Cédric a eu du mal à s'endormir, au début, sans les bruits des motos, des voitures. Trop de calme, c'est inquiétant quand on vient de la ville. Les deux premiers jours, on l'a vu arriver dans la cuisine vers dix heures, les yeux cernés, le teint cireux. Et puis il a commencé à s'y faire.

Mais la vraie surprise, pour lui, c'est lorsqu'il a découvert qu'il aimait s'occuper des chèvres.

Clo lui avait proposé d'essayer, pour voir, le troisième jour. Il y est allé à reculons, sans oser refuser, un peu par politesse. Le soir, il était enthousiaste.

– Franchement, j'ai toujours cru que je détesterais ça ! Mais elles sont trop sympas, ces bestioles. Et puis c'est peut-être con à dire, mais c'est un boulot où je me sens utile. C'est la première fois que je comprends vraiment à quoi sert mon travail.

Clo lui a dit qu'il était doué, qu'il s'était servi de la trayeuse comme un professionnel. Elle lui a dit qu'il avait le sens des bêtes, qu'il savait les mener et se faire obéir.

– Et c'est pas si facile, crois-moi ! Les chèvres, c'est capricieux, ça n'en fait qu'à sa tête, rien à voir avec les moutons !

Cédric haussait les épaules en riant : « Arrête tes conneries, j'y connais rien, elles ont été braves, c'est tout ! » Mais on voyait qu'il était fier de lui.

Clo lui a proposé de lui apprendre à faire des fromages. Elle lui a demandé si ça le brancherait de rester un moment, avec elle, avec Olivier.

Il y aurait du travail, ils seraient logés et nourris…

– *Bien* nourris ! elle a dit.

Ils ne se sont pas échappés en courant.

Ils ont souri.

On doit raccompagner Roswell chez Marlène et Bertrand, à la fin de la semaine. Il a bien fallu en parler, même si je savais que les garçons n'avaient pas le cœur à repartir si vite.

On était affalés sous les arbres, Cédric, Olivier et moi. Roswell roupillait à feu doux dans le transat, le chat de Clo mollement étalé sur son ventre. Clo était en cuisine, en train d'expérimenter je ne sais pas trop quoi, mais ça sentait vraiment très bon.

Olivier a dit que, bien sûr, on allait le ramener chez lui, Gérard.

Évidemment.

Il disait ça en regardant ses pieds. Cédric non plus ne semblait pas à l'aise. Ils avaient quelque chose à me dire, mais je sentais qu'ils ne savaient pas par où commencer.

Cédric a fini par lancer le bouchon.

– Je crois que je vais revenir bosser ici, après. Clo a besoin de moi pour les chèvres.

Olivier a enchaîné :

– En fait, ça me dirait bien, à moi aussi. Pour voir. Comme ça. Pour un moment. De toute façon, j'ai plein de travaux à finir, des bricoles.

J'ai demandé à Olivier :

– Tu comptes lui dire ça comment, à ton père ?

– Je m'en tape, je verrai bien.

Cédric a secoué la tête.

– Sérieux, tu crois qu'il comprendra ?

– Non. Mais j'en ai rien à secouer, je te dis. C'est pas parce qu'il a décidé que je prendrai sa suite au magasin que je suis obligé de le faire. J'ai jamais été consulté. C'est pas lui qui vivra ma vie. Et moi, je veux pas de la sienne.

Je me suis tournée vers Cédric :

– Et le tien, de père, qu'est-ce qu'il va dire ?

– Oh, lui, du moment que je bosse ! C'est plutôt ma mère qui va flipper. M'imaginer tout seul dans la campagne hostile, au milieu de chèvres agressives !

– Et sanguinaires ! j'ai ajouté.

Je ne sais pas encore si je resterai longtemps chez Clo, avec eux. Je ne pense pas. Je les raccompagnerai, pour ne pas qu'ils se perdent en route. Ensuite, on verra bien.

Je crois que je repartirai assez vite. Kaan m'a envoyé un petit mail touchant et des photos de lui. Son trio vient de signer un contrat de six mois, en Turquie. C'est un pays que je ne connais pas encore. Et il y en a tellement d'autres. La Terre est grande et la vie courte.

Je n'aimerais pas devenir vieille et me dire que je n'ai jamais fait le tour de ma maison.

Me dire que j'ai passé toute ma vie dans un angle de la cuisine ou dans un recoin du séjour.

Je veux vivre pour toujours, jusqu'à mon dernier jour.

J'ai encore du chemin à faire.

La Turquie, c'est un beau chemin.

Le dernier soir, comme Cédric et Olivier parlaient de quand ils reviendraient à la ferme, dans quelques jours, Roswell a voulu savoir ce qu'ils feraient comme travail, ici.

Ils se sont regardés, indécis.

– Ben, en fait... a commencé le Mérou.

– Ils feront les hommes à tout faire ! Et les choses à faire, ça ne manque pas, chez moi ! a coupé Clo, en souriant.

Roswell s'est marré. Il s'est lancé dans une phrase compliquée, qui m'a fait rire aussi.

– Tu nous traduis ? a demandé Clo.

– Gérard voudrait savoir si, par hasard, tu n'aurais pas besoin aussi d'un homme « à ne rien faire » ?

– Il faut voir... Qu'est-ce qu'il a, comme talents inutiles ?

– Il connaît des poèmes, j'ai dit.

– Il sait chanter très faux, a ajouté Cédric.

– Il apprivoise les chiens dangereux et sauvages, a continué le Mérou.

Et j'ai conclu en disant qu'il savait également très bien faire brûler du pop-corn et mettre le feu aux cuisines.

Roswell lui a fait son plus beau sourire.

– Ah, dans ce cas, en effet… a dit Clo, d'un air songeur. Il faut reconnaitre que nous n'avons vraiment personne d'autre qui sache faire tout ça, ici…

Elle s'est tournée vers Roswell, elle l'a regardé dans les yeux, avec cette douceur bourrue qui n'appartient qu'à elle.

Elle a dit :

– Tu veux revenir vivre ici, toi aussi, c'est ça ?

Roswell a éclaté de rire.

Il a répondu :

– Hhui.

Marlène était bronzée du décolleté, noire et pelée du nez, et blanche autour des yeux, Bertrand était un peu moins pâle. La semaine en montagne semblait leur avoir réussi.

Ils nous ont montré leurs photos de vacances.

– On a surtout pris des cartes postales, c'est plus joli, finalement. De toute façon, Bertrand, il vise jamais droit, il fait que des photos qui penchent, à croire qu'il est bourré même si c'est pas le cas.

– Là, c'est l'hôtel, a ajouté Bertrand. On a mis une croix sous la fenêtre de la chambre, au deuxième, pour dire de s'en rappeler. Ça donnait sur la rue.

– La chambre était petite, mais bon, quand c'est gratuit on peut pas réclamer, non plus.

– C'est sûr. Et c'était nickel chrome.

– Pour ça, oui, c'était propre comme des dessous neufs !

Comme il faisait un temps superbe, on avait déjeuné dehors. Pendant le repas, j'avais raconté à Marlène et Bertrand ce que l'on avait fait durant notre semaine, et puis j'avais parlé de nos projets en cours.

Roswell était encore à table, une grande serviette nouée autour du cou, et sa casquette rouge enfoncée jusqu'au ras des oreilles. Il avait terminé ses pâtes sans incident majeur. Bertrand s'était remis à ses cubes en mie de pain, fidèle à son principe de ne pas exister plus que le minimum vital.

Marlène remuait la tête en tout sens, comme les petits chiens animés qu'on mettait sur les plages arrière de voiture, lorsque j'étais gamine. Elle soufflait par le nez, elle pinçait les lèvres. Je la sentais agacée, et je savais pourquoi : j'avais emmené Roswell loin d'ici, sans son autorisation. Je l'avais ramené sain et sauf, très content. C'était sûrement de ça qu'elle m'en voulait le plus.

Et voilà que Roswell parlait de s'en aller, d'aller vivre sa vie et ça, ça dépassait les limites des bornes ! Sans parler du manque à gagner de l'allocation adulte handicapé, auquel elle avait dû penser aussitôt.

Maintenant, elle râlait, en débarrassant les couverts.

Chaque fois qu'elle revenait vers la table, elle fusillait Roswell du regard, sa voix montait de plus en plus dans les aigus qui vrillent.

- *Il* est pas bien chez nous ? *Il* a pas ce qu'il faut ? Je m'en occupe pas assez bien, moi, peut-être ?

Elle ponctuait ses questions de grands gestes, au risque de fracasser son limoges en Pyrex.

Roswell se tassait au-delà du possible, en lui faisant ses yeux de sauve-qui-peut-à-bord.

Bertrand a tenté de calmer le jeu.

– Il n'a jamais dit ça, Lénou ! Il veut apprendre à faire des choses, c'est tout. Un travail, une occupation, je sais pas, moi ! Il est encore jeune, tu comprends ?

– Toi, viens pas t'en mêler !

Bertrand a eu un sursaut :

– Ben là, je vais te dire, c'est mon frère, quand même !...

– ... Et viens pas me jeter de l'huile sur le gaz ! J'ai pas besoin de toi pour m'énerver toute seule ! Je trouve ça fort, c'est tout ! Allez-y, soyez bons, dévouez-vous aux autres ! Voilà comme on me remercie ! Eh ben, ça m'apprendra à faire mon Téléthon !

Comme elle montait en mayonnaise, j'ai vite stoppé l'émulsion :

– Ça te fera du travail en moins, Marlène. Tu auras du temps pour t'occuper de toi, pour faire du dessin. Et puis tu vas pouvoir louer deux chambres, au lieu d'une, ça te fera des sous pour partir en vacances...

Elle a marqué un temps d'arrêt.

– Ah oui, tiens ! elle a fait. C'est vrai, ça.

Elle s'est reprise aussitôt. C'est une maquignonne : en affaires, toujours laisser penser qu'on s'arrache le foie.

Elle a fixé Roswell, tout attendrie, soudain. Elle a dit, d'une voix plaintive :

– C'est que ça me fait de la peine, de le voir s'en aller, moi ! Quand même, ça me fera drôle de plus l'avoir dans les j... à la maison. Hein, mon Neuneu ? C'est qu'on s'y attache, on s'y attache... On s'y attache !

On aurait dit qu'elle parlait d'une platée de riz qui aurait brûlé dans le fond de la poêle.

– En même temps, Lénou, il faut se mettre à sa place, s'il se sent mieux d'être là-bas...

Bertrand s'est tourné vers son frère :

– T'es sûr que tu veux y aller, dans ce CAT, là ?

– Hhui.

– Mais tu seras loin de nous, tu ne nous verras plus…

– Ehhh non… a fait Marlène, le regard lointain.

Elle devait calculer ce qu'elle pourrait tirer comme loyer de la chambre.

Roswell a soupiré.

– Ça lui crève le cœur, à lui aussi, c'est sûr ! j'ai dit. En même temps, il se rend compte de la charge qu'il représente pour vous deux. Pour toi surtout, Marlène.

Elle s'est récriée mollement, en réajustant ses bretelles.

– Oh, ben, pas tellement, non plus ! Faut pas en rajouter dans l'exagération. Quand c'est pour entre soi, on n'est pas à la peine… Ça servirait à quoi, la famille, sinon ?

On a échangé quelques *Ah, ça !* et quelques *C'est bien vrai.*

C'est retombé plus vite qu'un soufflé.

Il y a eu un silence.

– Et c'est comment, cette campagne où il veut habiter ? C'est joli ? a repris Marlène.

Elle avait déjà pris goût au grand air, elle devait s'imaginer en vacances chez Clo. Tous les étés au vert, voilà qui ne serait pas mal…

Je commence à bien la connaître.

Je lui ai décrit longuement les hangars, la trayeuse, le poulailler, les tracteurs. Je suis passée très vite sur la maison claire, les fleurs, la tablée sous les arbres, le verger de fruitiers, les collines alentour. Je lui ai brossé un tableau tout à fait agricole. Du bien bouseux, qui sent fort et qui colle.

Roswell hochait la tête, d'un air content, en m'approuvant.

– Eh ben, eh ben, mais tu en as, de la chance ! a fait Marlène, du même ton caillé qu'elle aurait pris pour dire à un mourant « quelle mine superbe ! »...

– On pourrait lui rendre visite, qui sait, de temps en temps ? a tenté Bertrand, en sourdine.

Marlène l'a cloué d'un regard sans appel, puis elle a soupiré :

– Oh, moi, si ça serait pas mes allergies aux chèvres, je serais bien venue le voir. Mais bon, dans mon état...

Bertrand a levé un sourcil étonné. Elle s'est renfrognée.

– Fais pas comme si t'étais pas au courant, que j'ai mes allergies ! Tu le sais pas, encore, que je fais de l'horticaire ?!

– Sssch'est dommazje ! a dit Roswell.

J'ai répété, sur le même ton :

– Oui, c'est dommage !

– On pourrait peut-être y passer quand même, un de ces jours ? En vitesse ? Pour lui dire un petit bonjour ? a insisté Bertrand, au péril de sa vie.

– Ben, tu iras si tu veux. Moi je vais pas me risquer un œdème de Quick juste pour aller voir l'autre déb... Pour aller voir ton frère.

– Eh bien voilà ! j'ai dit. On va faire comme ça : Bertrand viendra tout seul, mais ce sera comme si vous étiez là tous les deux. Tu seras avec lui par la pensée et par le cœur. C'est l'intention qui compte.

– C'est ça, a dit Marlène, en tirant sur sa clope. J'y serai par le cœur.

Quand le side-car a stoppé au portail, Marlène a froncé les sourcils, en disant :

– C'est quoi encore, cette affaire-là ?

Elle s'est levée, le torchon sur l'épaule, elle a crié :

– Vous voulez quoi ?

– Ce sont mes copains, j'ai dit. Ceux dont je t'ai parlé. Ils viennent nous chercher.

Cédric et Olivier sont descendus de leur monture, dans la lumière crue du soleil de midi.

On aurait dit des héros de western, genre Laurel et Hardy relookés par John Wayne.

Marlène a grincé à mi-voix :

– Qu'est-ce que c'est que ces rastacouères ?

Il y a eu quelques serrements de main sans chaleur. Marlène regardait Cédric et Olivier comme deux fientes sur sa nappe. Elle a dit, sans desserrer les dents :

– Je vous aurais bien gardé pour le dîner, mais ça vous ferait trop tard.

– Et on a de la route à faire, a dit Cédric. Ce sera pour une autre fois.

– Avec plaisir, a répondu Bertrand.

– Ceci dit, prévenez quand même, pour le cas où on pourrait pas.

Olivier m'a fait un clin d'œil. Je suis allée prendre nos affaires. Olivier a porté Roswell, on l'a installé dans le side, les deux cow-boys ont enfourché leur selle.

Bertrand a embrassé son frère, il paraissait ému.

Marlène a coupé net aux grands épanchements :

– J'ai transpiré, je vous fais pas la bise !

Cédric s'est penché vers nous, il a demandé à Roswell :

– C'est OK ?

– Oké-sschef !

– Alors c'est bon, on peut y aller ! a dit Olivier.

Il a baissé sa visière, et il a mis les gaz.

– Sschhuper ! a dit Roswell.